我

· COGITO ·

思

我思，我读，我在

Cogito, Lego, Sum

朱应 著绘

小食里的光阴

二十四节气之美

GUANGXI NORMAL UNIVERSITY PRESS
广西师范大学出版社
·桂林·

小食里的光阴：二十四节气之美

XIAOSHILI DE GUANGYIN：ERSHISI JIEQI ZHI MEI

策　　划：张玉琴@我思工作室
责任编辑：张玉琴
设计制作：何　萌

图书在版编目（CIP）数据

小食里的光阴：二十四节气之美 / 朱应著绘. —桂林：广西师范大学出版社，2020.10
（思无邪）
ISBN 978-7-5495-5181-1

Ⅰ. ①小… Ⅱ. ①朱…Ⅲ. ①散文集－中国－当代 Ⅳ. ①I267

中国版本图书馆 CIP 数据核字（2020）第 155073 号

广西师范大学出版社出版发行
（广西桂林市五里店路 9 号　邮政编码：541004
网址：http://www.bbtpress.com）
出版人：黄轩庄
全国新华书店经销
山东韵杰文化科技有限公司印刷
（山东省淄博市桓台县　邮政编码：256401）
开本：787 mm × 1 092 mm　1/32
印张：8.5　　字数：86 千
2020 年 10 月第 1 版　　2020 年 10 月第 1 次印刷
定价：68.00 元

目录

夏

秋

冬

萬物過手皆有深情

应时·日常（代序）

胡建君

四季·应舍

天何言哉 四季行焉
星云流转 万物生焉
有甜的果子 热的米糕
有心心念念的外婆
有曲曲折折的弄堂
有童年的大地和阳光

法尚应舍 行藏在我
芳菲永驻 春秋不移
要画会游泳的鸟
要看会飞翔的鱼
要写会呼吸的字
要陪会唱歌的你

但问耕耘 可谈风月
晴雨霜雪 日月奔忙
做立春的名糕
做清明的春团
做寒露的青豆
做立冬的麻糖

向光而行 心之所栖
来日可期 无上欢喜
把春天留在树梢
把团圆留在笔尖
把桨声留在水面
把名字留在心底
……
把爱 永恒传递

生于江南古镇、长于艺术世家的朱应是温暖有爱的，她关照着喜欢的每一位朋友，在每个节日和生日，都会送上惊喜的祝福和美食，甚至贯穿了整个春秋冬夏。仿佛她一年四季都在做蛋糕，做月饼，做蜜饯，做粽子，做芝麻糖，做八宝饭，又香又暖，满满当当都是爱。每一种包装也都是极致用心的，或者精致的木盒子，或者文艺的纸袋子，或者质朴的布兜子，上面都有可爱的字画，或写或绣或印，可以陪伴一辈子。

朱应说一切源于古镇带给她的记忆和动力。小镇里的人，最能感知二十四节气的变化和滋味，那里几乎每个节气都有当季的小食：立春的名糕、清明的春团、寒露的青豆、立冬的芝麻糖……她小时候最爱穿梭在曲曲折折的弄堂间，将百家味道都留在舌尖心底。后来搬迁到城市，她心心念念想把江南古镇那些素朴的小食，用最正宗的食材，最传统的古法手作，一一还原。一把米，一片叶，一勺油盐，需要多少火候，多少步骤实现，一点都不能含糊。如此，单纯的食材就饱含了密密的情感寄托，造就了美食的经典品质，才可以代代传承。

作为两个孩子的妈妈，朱应希望在家庭教育中融入这种爱的传承和力量。每做一款小食，她都会带着孩子去寻觅古法小食手作人，同时翻古书，寻典故，琢磨古人对生活的极致用心。她带着孩子亲手设计小食包装，在一个个日夜里一遍遍绘制有爱的字画，用生活美学的态度再造那些温情的美食，让大家对传统节日有了新的感知和憧憬。这样的心手传递，她称之为“有态度的传承”，饱含着人与人的温情。

她又始终在忙里偷闲地写字。6岁开始习书法，毕业于中国美术学院的她，从没有过一天的懈怠。她写下“成长”“遇见”“浪漫”“天真”“从容”“无事”“欢喜”，都是手舞足蹈的模样，配上小小的充满生活情趣的画，仿佛它们的眉眼之间都有着不同表情，那真是万种风情。她也写长长的《道德经》，写《心经》《兰亭集序》，铁画银钩，字正腔圆，仿佛直接可以做字帖，一看就是受过童子功训练的。勤奋与用心，不舍昼夜，那是照亮她前路的光。

朱应也做有品质的公众号，里面的图文也美得发光。她说：“真实质朴地生活，把那些最平凡时光的深情和温暖分享给大家，倾心相遇，安暖相伴——是我的愿心。”她的内心阳光而纯真，会被美好的一切打动，望向人的眼睛总是亮晶晶的，可谈风月，但问耕耘。连两个儿子都在她的教化下，在包装纸上写了童真十足的“豆”“糖”等，传播到四方，感觉写字的心情都是甜的。同样平淡天真的她，总是用美文美食向她喜欢的大家汪曾祺或丰子恺致敬，内心总是灿烂光明的。

朱应是一位艺术家，更是一位生活家。她想把自己对生活与美的态度，把收获的心得与经验更多、更好地传递出来。2016 年，她创办了独立文化品牌“应舍”，法尚应舍，行藏在我，无住无执，无上欢喜。“应舍”专注于二十四节气非物质文化遗产与中国传统文人的生活美学、传统习俗的研究实践与传播。她说：“成为一个有趣的人，懂得自己发光发热，滋养他人，这样存在是有价值的。”她认为美育是伴随一生的事情，更希望把传统文化与美好的生活方式一代代传承下去，让幸福永驻。

与成立“应舍”的初衷一样，这本《小食里的光阴》有字画，有食品，有物件，有天空，有大地和四季，有温暖的日常。就像一个小小的家，有着看得见风景的房间，带着四季花开的园子，映射出温润美好的海上风情与江南文化。天何言哉，四时行焉，星云流转，万物生焉。天地万物本身，日常的每一天，就是神授的最大艺术。她说：“感恩有当下的美好，也有彼岸的可爱。用每一天的认真相待，长出扎实的生活。因为有心，更需感恩。”对她影响最大的人是从小朝夕相伴、有着大爱大慈悲的外婆，她从此一直都在感恩，感恩家人，感恩朋友，感恩生活，感恩日升月落的每一天。

朱应说：“跟着节气过日子，是生活的希望和祝福。字画食衣，文创住行，这些表达里有对美的感知和对生活的态度。倾心相遇，安暖相陪；山高水远，应时日常，天地人伦归于一焉。我希望通过这本书给大家呈现来自日常的中国式生活美学。”她的美食、美物、设计、字画都一样，让人充满美好生活的勇气与力量，来自广阔的愿力与纯净的初心。她说她要写会呼吸的字。她的字，她的画，她的节令小食，就像有爱的人，把深深浅浅的情意，宽宽广广地布施，有如阳光普照，水泽万物，令日常一切众生，一切草木，有情无情，悉皆蒙润。

立春

冀

往年这时节，我们兴许还在踏雪寻梅，穿着羽绒服，捧着暖手袋。

2020 年的立春，一定会成为记忆中最深刻的。既然无处可逃，不如喜悦。不管我们正经历着什么，相信待春暖花开之时，一切都终将好转。在期待温暖与美好，期待东风与生长的同时，也请记住爱默生的那句话，请接受大自然的节奏，她的秘密便是耐心。四季的更替变化，从来都是静幽幽的，缓缓的，也是默默的。

立，始建也。立春，新的一个轮回已开启，万物起始，一切更生。立春是我们的第一个节气，春是一个美好的开始。冬眠的虫子准备着舒展筋骨，一些小动物开始寻找伴侣，在春色满园鸟语花香之时生下自己的小宝宝，许它一个充满活力的夏季来生长、长大。这样的自然界秩序，我们也身处其中，开始萌生对新一轮春生、夏长、秋收、冬藏的希望。这样的愉悦与希冀，愿我们可以共有。

所以特别地想在今天和你分享一份安好清单——一个故事和七个词。它们有着不同样子的欢喜，关于你、我、我们、他们的日常和一些看了后觉得以心印心的感受。

总之，乔布斯的一句话，过程就是奖励。我们不徐不疾，一步一步地走，一步一步地学，一步一步地感知。相信温暖的风会如期而至，相信自身的力量，愿我们一起去寻找有纯度的生长与完成。愿你幸福和乐、美好安在。

一个故事

古时候的人，立春前会在土里挖个坑，放羽毛进去，等到立春那天，地气将会把羽毛托出坑来。不知道真假，听着很神奇，不可见的春气应时而来，影响着众生万物。

立春

七个词

当下，这个跟微积分有点像。就像一条线，把它切断，底下是过去，上面是未来，切断的这一点就是当下。当下无限接近于零。

心安便是归处。

孤独就是一种美。

待到时光静好，我心安然若素浅笑，前行可待吧。

结

有明确笃定的方向，坚定前行。

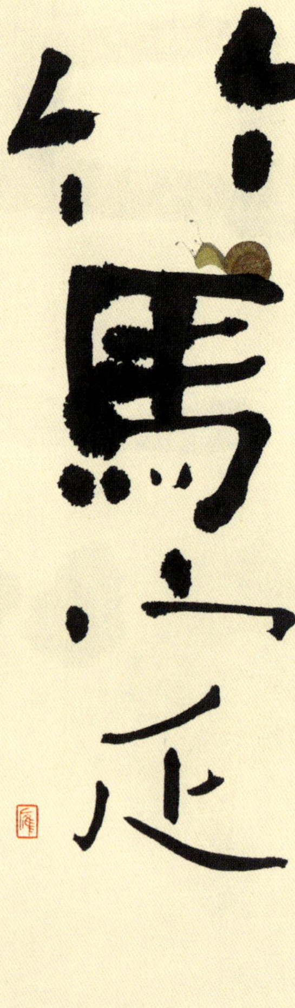

悦纳是终身的修行。

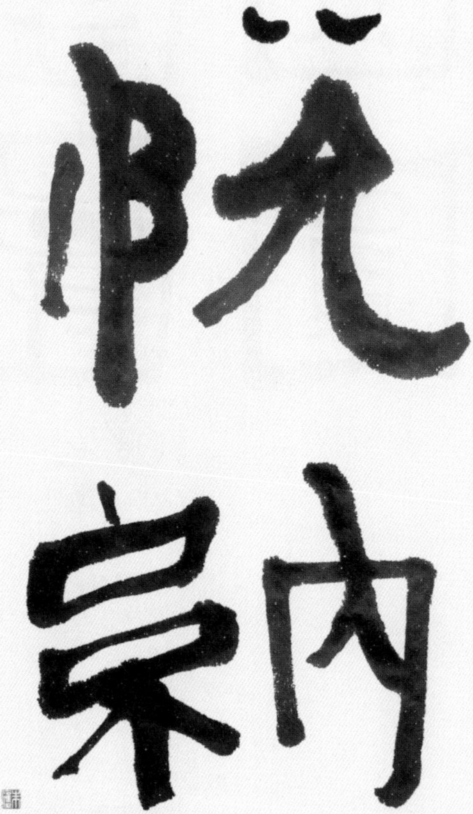

愿我们团团圆圆，满眼是春天幸福的颜色。

名　糕

名糕已有三百多年历史，过去逢年过节或办喜事盖房时才能吃到，有“年年高”的寓意。儿时，腊月里外婆用“牵磨”磨好糯米粉，全家分工制作。刚出锅的名糕热气蒸腾，咬上一口，平摊在名糕中间的熟糖水融化在口舌间，真是甜糯沁口。

农家灶台，柴火蒸糕，今日已难寻，然而江南古味的根，依旧藏在小河柳树浜的江南古镇。重品民俗地道糕点，从寻觅开始。我寻到了一位好手艺的阿姨，全古镇唯她会做带红印的名糕，而且只做豆沙名糕和红糖名糕。

吉祥
如意

賀
賀
賀
賀

择　日

做糕需要挑日子，讲究晴好天。制作前一天，阿姨早早将粳米和糯米洗净、浸透，然后放在柔光下晾晒，晾晒到什么程度非常讲究，干了碾成的米粉太细，过湿米粉易结块。

搓　粉

将米粉倒进竹匾，开始做糕。先调制好糖水，然后将糖水与米粉融合，同时双手快速地反复揉搓，这个过程叫“搓粉”。直至米粉和糖水充分融合，几乎不再有板结颗粒。若粉状颗粒多了，阿姨就用细孔筛子筛过，再反复揉搓捻细，最后将糕粉堆成小山状。搓粉是最重要的技术活，要把握好加水量，太少，搓起来容易蒸起来慢，且易夹生；假如加水过多，无论怎么搓，总会留下一堆珠状颗粒，做出来的糕没黏性，沦为下品。

吉祥如意
新年快樂

糕 蒸

搓好粉，将洗净的木制模具“糕蒸”放在匾内，底部垫几根稻秆，再小心翼翼地铺上一层食用纸或是荷叶，双手拢糕粉均匀填入。为让名糕蓬松且糯软，绝不能用手挤压，只能用一把木尺沿“糕蒸”的沿口，把米粉轻轻刮平；填满后，用没有开锋的铜刀按等分均衡划成十六小块；再用毛刷利索地刷干净边沿的粉末。若做豆沙糕，阿姨便将精熬的豆沙馅，在装填糕粉时，用调羹逐勺舀入，再继续填糕粉，直到装满为止。然后用木尺刮平，铜刀划格，毛刷清理溢出“糕蒸”边沿的米粉。

盖 印

事先书写好“新年快乐，吉祥如意”这些字，扫描后，请擅长手工雕刻的匠人朋友纯手工刻模，做成木方印。阿姨施展她的紫薯粉翻花的绝活，手持木印，用紫薯粉轻轻刮一下，然后像盖章似的在方糕上印上“新年快乐，万事如意”的字样。

蒸　制

待厨房里灶头上炉火正旺，阿姨围着围裙，端着两屉“糕蒸”，叠着搁到蒸架上，四周再用纱布压住围紧，蒸制开始。约二十分钟后，纱布滚烫，热气“噗噗”外冒，香味已勾人垂涎。这期间，阿姨凭多年经验透过蒸汽揣测着名糕的成熟度，时机一到，将糕从“糕蒸”里整齐取出，方算正式完成。

拿一块糕捏在手里，四角分明，弹手而香糯。轻咬，松软淡甜。糯不黏、甘不齁、松不散。若是豆沙馅，细腻豆沙瞬间遍覆舌尖。名糕制作中没有用添加剂，在较低的气温下可存十余天，若是过年期间制作的，一般可吃到元宵后。现代有了冰箱等保鲜的利器，冷冻起来可存放的时间就长啦。想吃的时候，可以蒸，也可以炸，烹调方式多样。

手作人秉承祖法，传递代代心血。从糕中吃得出豆沙、糯米的本真味道，也吃得出“手工”的那份真心。因此有言，只有吃到糕的人，方能品出其独特的幸福滋味。

吉祥如意
新丰快樂

雨水

春雨至，万物生

雨水，是二十四节气中的第二个节气。此时，气温回升，冰雪融化，降水增多，故名雨水。雨水和谷雨、小雪、大雪一样，都是反映降水现象的节气。此时的春雨朦胧轻柔，于乍暖还寒之际，随风潜入人间，让枯木逢春，草木抽出嫩芽。

《月令七十二候集解》："正月中，天一生水。春始属木，然生木者必水也，故立春后继之雨水。且东风既解冻，则散而为雨矣。"春雨在润物细无声中唤醒了万物。雨水到，草木萌动，雪渐少，开始融化。水獭开始捕鱼了，大雁开始从南方飞回。万物在春风的吹拂下醒来，在春雨的滋润下生长，呈现一派欣欣向荣、明朗欢快的景象。

迎春花开

春雨下，酣睡了一冬的小小迎春花，呼吸着春天的气息，一枝独秀，黄得耀眼。

迎春花迎春而开，花期犹在梅花之先，是春天里开得最早的花，素有“迎春使者”之称。它的叶子绿绿的，鹅黄色的花朵并不大，像个小喇叭。小巧玲珑的模样，更像不起眼的小草，惹人喜爱。迎春花也香，是沁人心脾的清香。伴着那淡淡的香味，灿烂的颜色，一本书，一杯茶，便是人间的快意事。

雅俗皆宜的迎春花，或生长在农人的篱笆边，或生长在雅致的庭院阶前，或是行人冷落的路旁，它都有它的快乐，奋勇当先，自强不息，一样蓬勃地生长、热烈地开放，用自己明亮的黄色迎接春天的到来。没有“名花”名声的捆绑，倒也活得潇洒自在。

适合春日食用的芽菜

古来就有春吃芽、夏吃叶、秋吃果、冬吃根之说。春天，是生发的季节，多吃嫩芽绿叶，鼓励生发之气，顺应了时节。

静

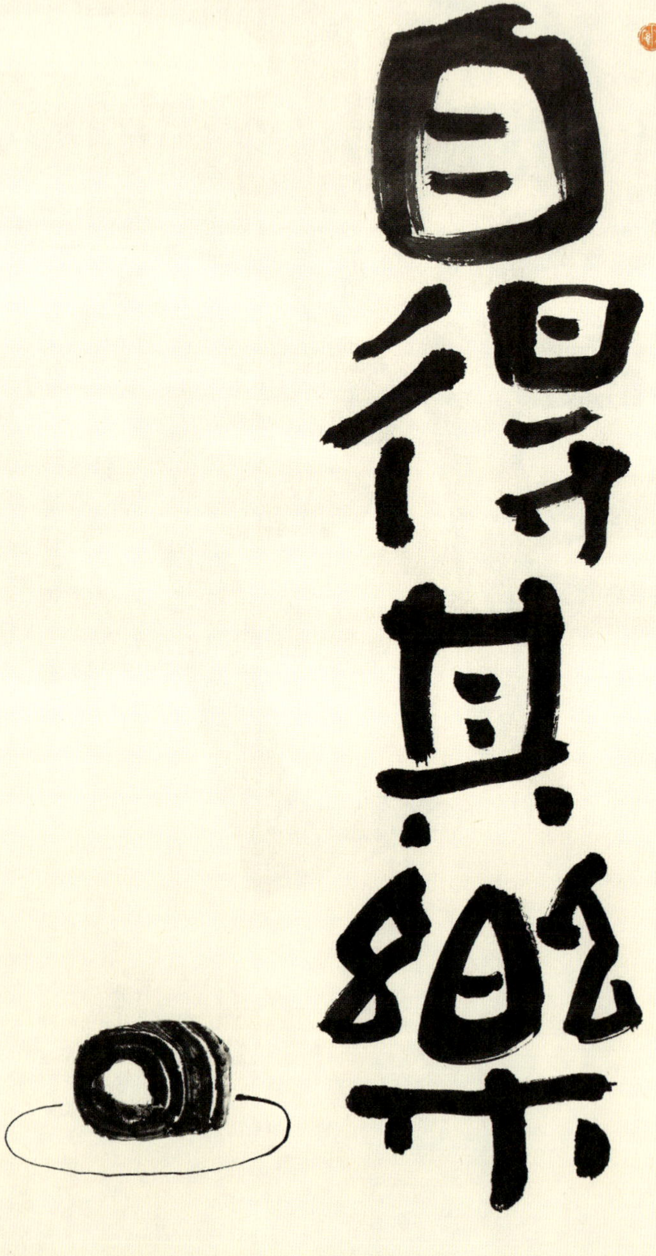
自得其樂

黄豆芽

黄豆芽是最适宜春季食用的芽菜，能帮助五脏从冬藏转向春生。它具有清热明目、补气养血、防止毛细血管出血和降低胆固醇、保护血管的作用，有利于肝气疏通、健脾和胃，亦能缓解春季气候干燥导致的燥热。而且，早春也是维生素缺乏的季节，尤其是维生素 B_2，多吃黄豆芽恰好可以解决这个问题。

蒲公英嫩芽

蒲公英被称为“春天里最好的下火草”，还具有广谱抗菌的作用，因而又被称为“天然的抗生素”，有很好的去火消炎、清热解毒的效果。蒲公英的根茎亦有很好的护肝排毒、预防肝损伤的作用。春季的养生要领就是要养肝，所以，吃点蒲公英嫩芽，降肝火，清肝又疏肝。

惊蛰

今天惊蛰了，也该醒了

惊蛰是春天的第三个节气，我们也由此进入仲春时节。二十四节气中，惊蛰是唯一用动物行为起名字的。《月令七十二候集解》里说：“二月[1]节，万物出乎震，震为雷，故曰惊蛰，是蛰虫惊而出走矣。”

“蛰”是蛰伏的意思，指动物冬眠，潜伏起来不食不动。到了“惊蛰”这日，阵阵春雷，将蛰居的小动物们和惺忪懵然的万物叫醒。古人认为是天上的雷神，在这一日手持鼓槌，敲响了天鼓，因而发出轰轰雷声。

“春雷响，万物长。”惊蛰了，天要暖了，桃花红了，李花白了，青蛙睁开睡眼了，黄莺唱了，燕子来了，处处有了苏醒的意味，一片生机勃勃。惊蛰之日万物醒，花红柳绿都是情，这些春天里的好时节，慢慢地，一一地，去看见，去感受，去拥抱，也就是拥有它了。愿心里珍惜时光，保持静心，细细地去体验这一切美好。

1　本书用汉字表示的月份，一般指农历，用阿拉伯数字表示的月份，一般指阳历。这里“二月”指的是农历二月，阳历的3月份。——编注，下同。

一声春雷，虫子醒来，惺忪又可爱。

虫儿和许多动物“蛰”伏一冬，在春雷公公的一阵鼓声中被“惊”醒，故称“惊蛰”。这个时节如小孩刚醒时揉着惺忪睡眼般可爱，万物复苏的春野让人怎么都看不够……愿你也有一份自由自在的可爱与欢喜。

惊蛰里的那些花

从小寒开始，一直到谷雨，有八个节气，古人将每个节气又分为三候，五日为一候，每一候有一种对应的开花的植物，这样就有了“二十四番花信”。与惊蛰相伴而来的花信是一候桃花，二候棣棠，三候蔷薇。

桃花几乎就是春天的另一个名字。桃之夭夭，灼灼其华。人面桃花相映红。桃花点染了整个春天，桃红与柳绿是我们对春天最基本的印象。

而棣棠，却是一个有点陌生的名字，还很容易和“棠棣”相混。棣棠属于蔷薇科，花以黄色居多，不仅明艳，还有很高的药用价值。

蔷薇，花朵小而繁密，花色淡粉，有一种娇柔之气。秦观的“无力蔷薇卧晓枝”，写出了春日雨后蔷薇的柔美。

惊蛰后，桃花、棣棠、蔷薇，争芳斗艳，让我们目不暇接，慢慢地欣赏吧。

惊蛰里的那些事

蒙鼓皮

惊蛰是雷声引起的。惊蛰这天，古人认为天上有雷神击鼓，人们也就在这个时节来蒙鼓皮。《周礼》记载：“凡冒鼓必以启蛰之日。”冒鼓就是给鼓蒙上皮革。由此可见古人是多么顺天应时，不但农事耕作要按时而行，日常作息、饮食，甚至手工业的制作，也都契合了四季的运行。

吃　梨

民间有“惊蛰吃梨”的习俗。在我们的传统文化中，一般节日忌讳吃梨。不过惊蛰吃梨，寓意是远离害虫，远离疾病。因为惊蛰后，虫蚁等都活跃起来，病菌也增多，更易生病。所以人们希望能远离这些害虫，保持身体的健康。

这一日，古人忙着，我们也没有闲着，总会做些好吃的。有酱爆螺蛳、荠菜花煮鸡蛋、韭菜盒子和蛋糕，像是一点微微的示好，也有一点小小的仪式感，与之而来的，还有好的兴致与好的胃口。你呢，有些什么有趣的事？

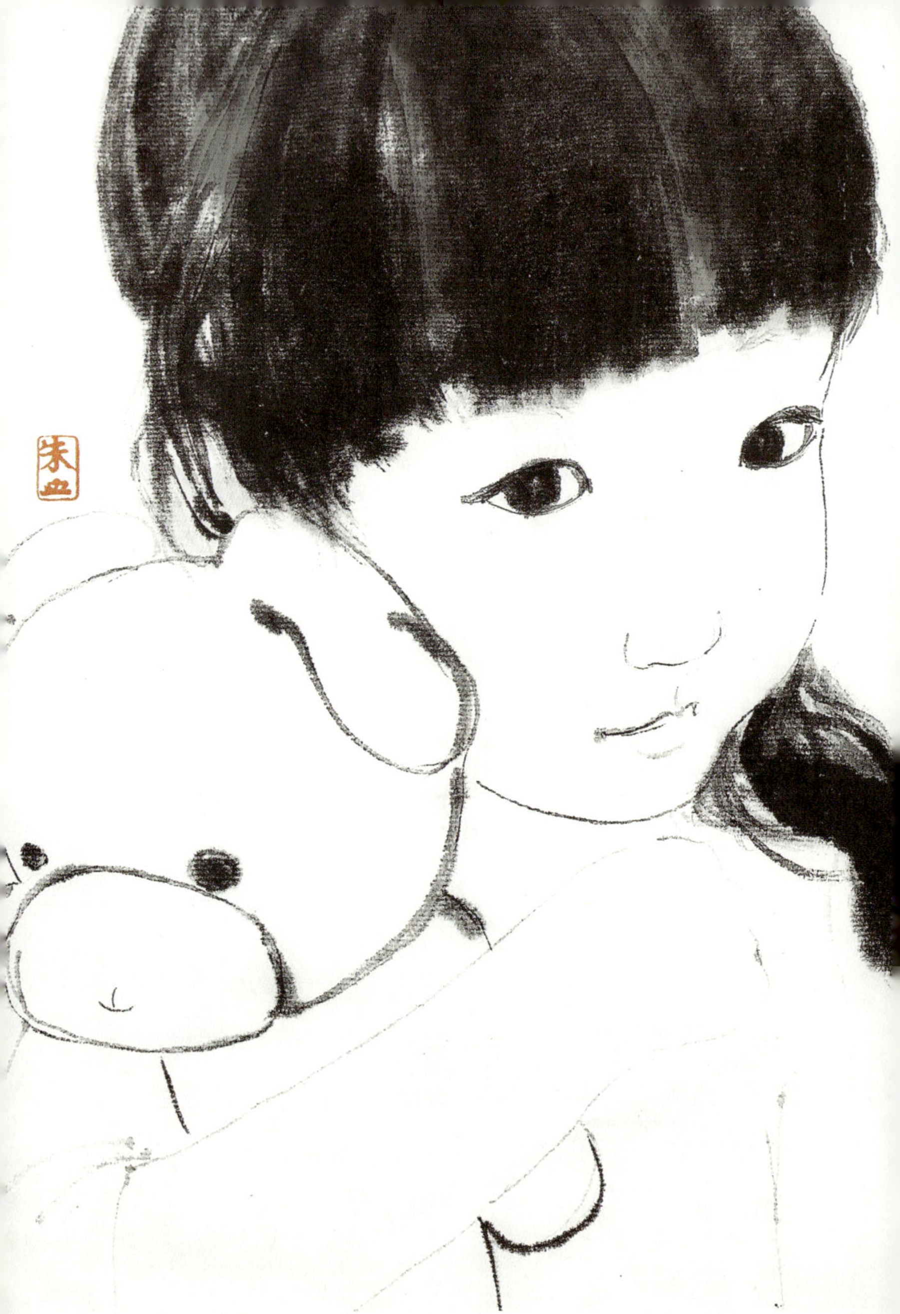

春分

十里春风

春分，南北半球昼夜等长，均也。

行星们划着美丽的弧线，围绕中心的太阳日复一日地流转……而我们身处的地球便是其中的一员。今天，她的某一面与太阳的光线形成了一个恰到好处的角度——太阳直射点位于南半球达半年之久后，终于渐渐向北移动，落在了赤道上。北半球的春天，来了。

春分，古时又称为“日中”“日夜分”“仲春之月”。汉代董仲舒的《春秋繁露·阴阳出入上下》中说：“至于仲春之月，阳在正东，阴在正西，谓之春分。春分者，阴阳相半也，故昼夜均而寒暑平。”这一日，白昼与黑夜达到了和谐的均衡；而过了这一日，北半球将迎来半年白昼长于黑夜的时光，直至秋分。春生夏长，秋收冬藏。感时应物的祖先们总结的二十四节气中，的确蕴含着莫大的智慧。而太阳直射南北半球的交替流转，也如太极之两仪推动互生，神秘而美妙，彼此陪伴，喜悦热闹。

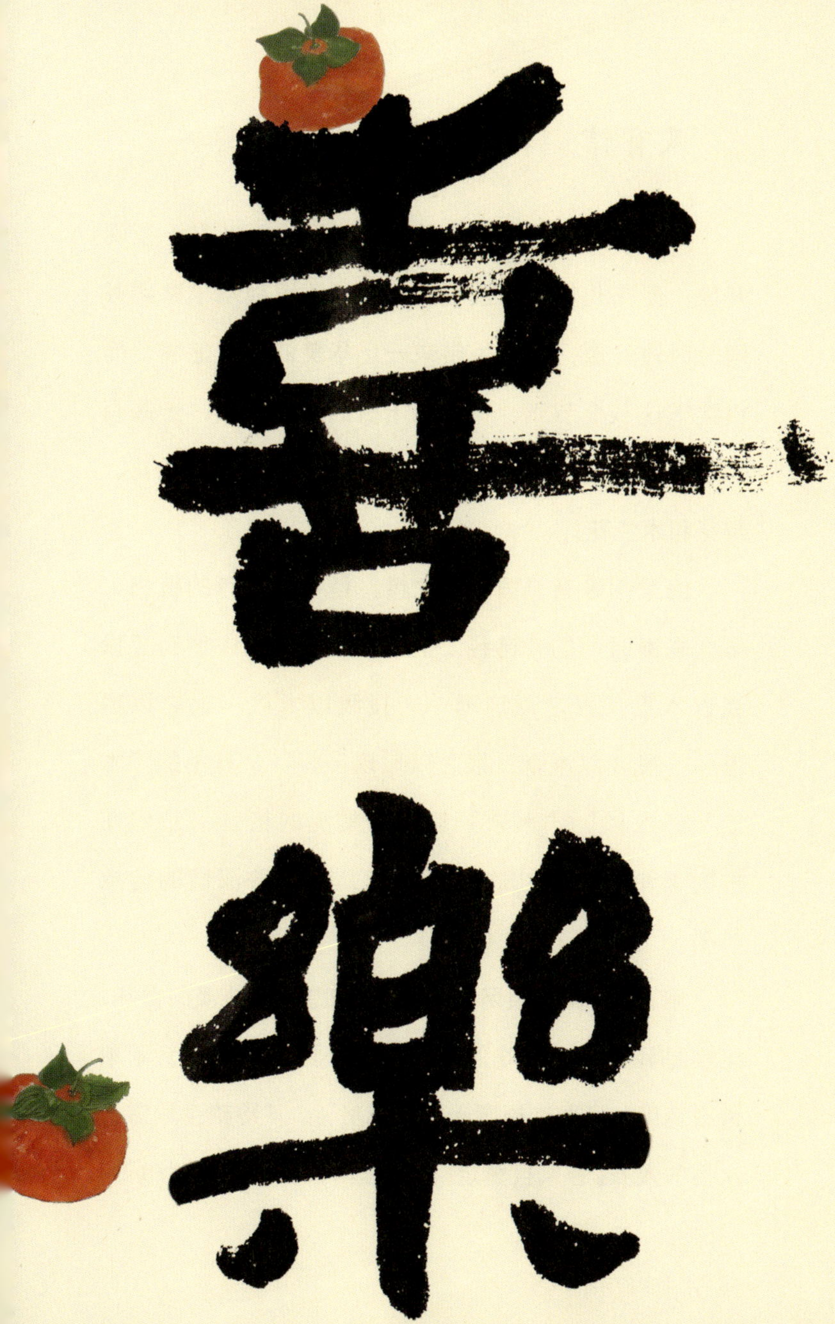
喜樂

风有信　花不误

据传武则天曾酒后失德，下旨要求百花在一夜间开放。但花儿们却不惧权威，心照不宣地从小寒到谷雨分时段开放，为众生带来一场华美的视觉盛宴。而贯穿于这八个节气、一百二十日的时光里的，一共有二十四候的花信风。其中春分节气对应的是海棠花、梨花和木兰花。

海棠花素有“国艳”之誉，是中国特有的植物。早在先秦时期的《诗经·卫风·木瓜》篇中便有“投我以木瓜，报之以琼琚……投我以木桃，报之以琼瑶……投我以木李，报之以琼玖……”，其中的“木瓜”“木桃”“木李”都是海棠类的植物，它们在古时常常被作为礼物送给亲朋，饱含着深情的诗意与美。

梨花，蔷薇科梨属，花色洁白如雪，有淡淡的香味。果实是我们平素常吃的果品，此外还可以酿酒、制梨膏或药用，可谓造福了无数“吃货”。“冷艳全欺雪，余香乍入衣。春风且莫定，吹向玉阶飞。”（唐·丘为）“惆

獨善其身

怅东栏一株雪，人生看得几清明。”（北宋·苏轼）……梨花以其阳春白雪般的倾城容颜和淡雅清香的品格，赢得了古往今来无数诗人的青睐。

木兰花，落叶小乔木。早春开花时，满树紫红色。花朵尽态极妍，风情万种。或许更多人熟知的，是她另外一个同样美好又多了几分古典韵味的名字——辛夷花。

竖　蛋

据说每年春分之日，全世界有数千万人要进行竖蛋“实验”。这一源自中国古代的习俗，能成为时髦的世界游戏，与其简单易行又妙趣横生不无关系。

鸡蛋为什么容易在春分这一天竖起来？科学的解释是，这一天呈 66.5 度倾斜的地轴与地球绕太阳公转的轨道平面恰好处于力的平衡状态，有利于竖蛋。也有人说春分正值春日的中间，不冷不热，人心舒畅，思维敏捷，动作利落，更容易把蛋竖起来。

当然，竖蛋也有技巧。看似光滑的鸡蛋表面，其

一不争

实也有许多高约 0.03 毫米、间距约 0.5~0.8 毫米的“小山”。如果能找到合适的角度，使得三座“小山”在桌面上构成一个稳定的三角形，便可以将鸡蛋竖起来。另外，最好挑选刚生下 4~5 天的鸡蛋，因为此时蛋黄下沉，重心偏低，更容易稳定竖立。

想想当年哥伦布在宴会上“打破思维定式”将鸡蛋磕破竖立在桌上的故事，还有达 · 芬奇数年如一日地刻苦练习画鸡蛋的传闻，到今日蛋曲线在飞艇、桥梁、音乐厅等上面的应用……小小的蛋，还真有无限的妙趣！

吃春菜

“春菜”是一种野苋菜。春分时去田里搜寻采集，一棵棵鲜嫩翠绿的细细野菜，带回家和鲜美的鱼片做成“春汤”，别提多么可口解馋啦。“春汤灌脏，洗涤肝肠，阖家老少，平安健康。”吃春菜的习俗中，饱含着劳动人民祈求健康的朴素愿望，又有着感时应物的大美诗意。

清明

春天里的一个大日子

春分之后，谷雨之前，是为清明。

清明是二十四节气中唯一一个是节气又是节日的日子。清明节总会让人忍不住想起故去的亲人，让人忍不住记挂远去的旧友，又有风清景明和郊野踏青游玩的欢笑声，算是春天里的一个大日子。

清明取意“天清地明”，故万物至此齐整清明。《月令七十二候集解》说：“物至此时，皆以洁齐而清明矣。”清明冰雪消融，草木青青，天气清和明朗，万物欣欣向荣。

“清明风”即清爽明净之风。从前人们会把一年里吹过的八种风，都一一起上名字。其中从东南方吹来的风，叫“清明风”，是春日里最温暖和煦的风。

清明节

《淮南子·天文训》中说：“春分后十五日，斗指乙，则清明风至。”清明节是中国传统节日，也是最重要的祭祀节日，是祭祖和扫墓的日子。过节的同时，重温家规家训，回忆家族往事，真好。

清明节前后，春光明媚，桃花初绽，杨柳泛青，莺飞草长，油菜花香，郊外野游，谓之踏青。因此，清明节又叫踏青节。

寒食节

寒食节和上巳节是伴随着清明节的两个节日。

寒食节在冬至后的第 105 日。清初，将清明的前一天定为寒食节。寒食节历史久远，传说是为了纪念春秋时期的隐士介子推。还有一个说法，寒食节的真正起源，是源于古代的钻木、求新火之制。古人因季节不同，用不同的树木钻火，有改季改火之俗。而每次改火之后，就要换取新火。新火未至，禁止人们生火，这在当时是件大事。

上巳节

上巳节历史悠久，春秋时期就已很流行。《论语》中记录了一次上巳节祓禊的情形：“暮春者，春服既成，冠者五六人，童子六七人，浴乎沂，风乎舞雩，咏而归。”人们来到水边洗浴，洗去冬日的尘垢，消灾祈福。上巳节后来逐渐固定为每年的农历三月三，与清明节的时间很靠近。

这天也是文人临水宴饮、吟诗作赋的节日，并会举行曲水流觞游戏，最著名的是王羲之的《兰亭集序》所记载的那次集会了。

曲水流觞：古人在上巳节这一天，聚集到溪水边，把倒满酒的杯子放在水面，酒杯顺流而下，停在谁的面前，谁就即兴赋诗，如果答不出，就取杯饮酒。

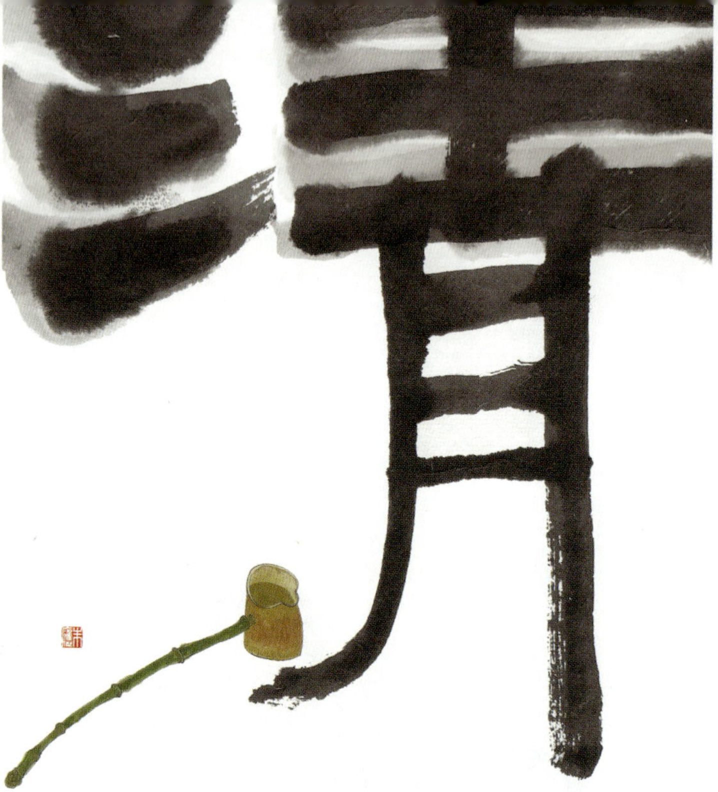

让我们倾尽生命所有的力量活在当下这一刻，让心在此刻安家。

它算是春天里的一个大日子。从东南方吹来的风，叫“清明风”，是春日里最温暖和煦的风。这时候天儿开始暖和了，我们要去扫墓、春游，也要放风筝、骑车……一切都正当时，要迫不及待地去拥抱春天。祝你变得越来越清朗，能量越来越饱满自在。

江南清明，必有春团

那个可爱的绿胖子团子是清明一定要吃的，这是一种仪式。艾草团子是最初的模样？不，不，南瓜叶青团才是。南瓜叶青团很久没有被提起，估计很多人听也没有听说过。南瓜叶就是南瓜没有成熟时，南瓜藤上面的绿叶。它含有多种维生素与矿物质，其中维生素 C 的含量很高。它还有个秘密是叶片内有一种物质可以防腐，易储藏，我们现在称这种物质为植物碱。青团于江南，一如江南于春天，三分绕指情柔，七分隽永韧性，就是江南文化。

追逐快节奏的人们，不再有耐心存下一份南瓜叶过

冬，就为了做几只春团，费时费事。于是慢慢地，用艾草代替南瓜叶，省下了力气，可惜也失去了那份恬然。

粉不能用现成的，得用整个腊月来晒，这样口感最糯。

红豆不能用市场上的大红豆，得用自家种的赤小豆，个头虽小，味道和营养都好得多。慢慢地做几只团子，可以用上一天的时间，这也是对食物的敬畏之心。我们做的团子，有时间的味道。而就是这“慢慢做”，对于生活在都市的我们来说，或许已经是最奢侈的“工艺”了吧。

春团的味道非常地道。刚刚出炉的“绿胖子”下面垫着粽叶，稍凉便取，趁热吃才能唇齿留香。而这枚有着粗糙朴实口感的团子，让我想起儿时那苔痕斑驳的石板街。我帮它们拭去肩头时光的尘土，恢复往昔最初的模样。

谷雨

天青色等烟雨

谷雨，春季最后一个节气，恰如春天留给我们最后的一瞥。

杜鹃夜啼、草莓红熟、艾叶飘香，谷雨时节，春生之气盛极。布谷鸟在提醒人们播种，草木新绿初成。清明断雪，谷雨断霜。谷雨是春季最后一个节气，它的到来意味着寒潮的结束。

古人五感都敏锐，也用心，把谷雨时节的颜色定为天青色。天青色是大雨后天空放了晴的颜色，不是简单的青色，而是一种被冲洗后的最清澈而纯净的蓝。那天色，古人看到了，你与我一定也都曾见过。

愿你有看天青色等烟雨的这份从容。

從容

有坚定的从容和温暖的笑容，面对日常的每一件事儿。

谷雨的雨

谷雨前，春雨还如云雾般细腻柔和。这时，让花朵掉落的雨，就已经和雨水时节雨的丝丝缕缕、温柔酥润大不相同了。谷雨和雨水一样，是一个标志降水量的节气。谷雨时节的降水，既多于之前的清明，也多于之后的立夏，不负“雨生百谷”之名。

雨水时节的雨是“天街小雨润如酥”，谷雨一到，雨不再迷离，一颗颗清澈而干净利落的雨滴从天空中降落，用“白雨跳珠乱入船”已不觉夸张了。虽然带给人们“花落知多少”的怅惘，但秧苗初插、作物新种，雨水淅淅沥沥地洒落在大地上，犹如一场甘露法雨，贵不可言，让人们开始憧憬丰收的喜悦。

谷雨听雨，日日是好日，请用心待之。

静待花開

谷雨茶与牡丹花

清明见芽，谷雨见茶，谷雨谷雨，采茶对雨。听着布谷鸟的叫声，喝一盏谷雨茶……春光美好，春光易逝，4 月，终是温暖而向上的。

清明时茶树生出嫩绿的小芽，那时采摘的茶叶称明前茶，芽叶嫩小，产量低。待到谷雨时，小芽长成鲜叶，品质上乘，便于加工采摘，味美形佳，为茶中上品。冬季的休养生息，使得春梢芽叶肥硕，色泽翠绿，叶质柔软，滋味鲜活，香气怡人。捧上一卷书，煮上一壶茶，在书香和茶香中，品尝整个春天的风韵。

柳絮飞落，杜鹃夜啼，牡丹吐蕊。“问东城春色，正谷雨，牡丹期。”“花开花落二十日，一城之人皆若狂。”4 月的雍容华贵，独属牡丹。在这春意阑珊的 4 月，何不试着走近看一看，她那万紫千红迷人的模样。

食香椿

香椿又称香椿芽，每当春季来临，大约在谷雨前后，香椿就会发出嫩芽，这种嫩芽就是我国独有的“树生菜”——香椿芽。

由于香椿营养丰富、香味浓郁，用香椿做的菜一直是人们春季饭桌上的一道必不可少的风景。香椿中富含蛋白质、维生素C，以及磷、铁等矿物质，是时令蔬菜中难得的珍品。香椿的吃法很多，可焯烫之后凉拌、腌制，或者炒食，也可在做其他菜时调味用。雨前香椿嫩如丝，醇香爽口营养价值又高。

谷雨过后，便是立夏。我们从立春乍暖还寒的迎春，到惊蛰春分的探春，不知不觉走到了谷雨惜春的感伤情绪中。对于春天的到来，总是会欣喜万分，心底总有一份蠢蠢欲动、跃跃欲试的情感在苏醒、在滋生、在蔓延；春天里，觉得一切都是那么的美好，现在它真的要离去的时候，便心生不舍了。暮春、初夏，一个落幕，一个开始……我们张开双臂欣然迎接便是甚好！

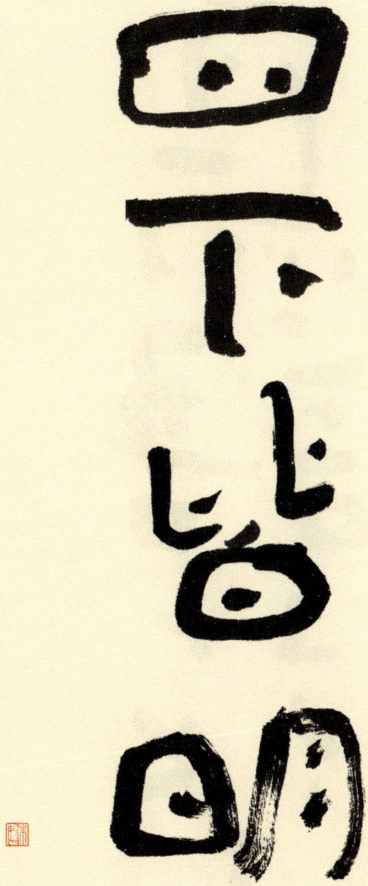

人在光在，四下皆明。

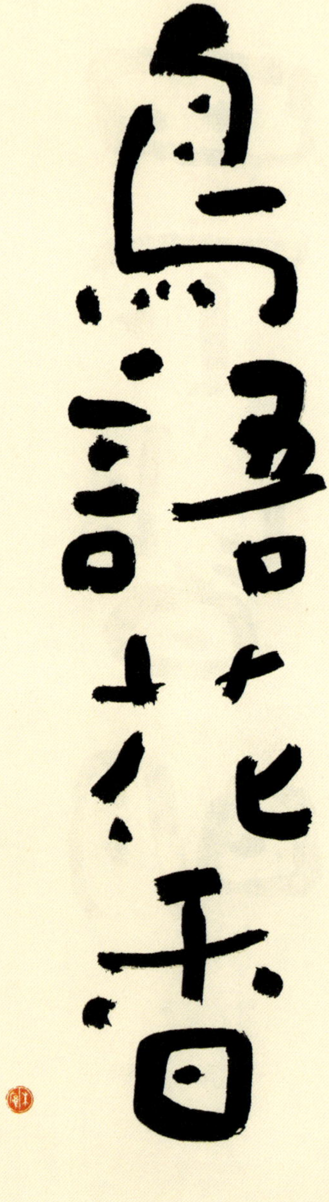
鳥語花香

立夏

开心一夏夏

應

立夏，是二十四节气中的第七个节气，夏季的第一个节气。此时，北斗星指向东南方，日照增加，逐渐升温，雷雨增多，万物进入生长的一个重要时期。告别了春天，迎来了夏天，捕捉5月的美好时刻，让我们一起开心一夏夏吧。

《礼记·月令》里说，立夏时“蝼蝈鸣，蚯蚓出，王瓜生，苦菜秀”，蝼蝈聒噪，宣示着夏日的来临，蚯蚓翻松泥土，藤蔓上挂满了瓜儿，乡间的野菜碧绿。这一切，都是孟夏之初的物候景象。5月的风吹过，红了樱桃，绿了芭蕉，空气里充满了蓬勃生长的喜悦。天地间一片葱郁，流光溢彩，流淌着生命的赤诚。

立夏称人

清人秦荣光《上海县竹枝词》中写到“立夏”习俗时这么说：“立夏称人轻重数，秤悬梁上笑喧闺。”据说立夏之日称了体重后，就不怕夏季炎热，不会消瘦。古时候的人希望通过称人这个习俗讨个彩头。

斗蛋游戏

“立夏吃了蛋，力气大一万。”人们在这一天都要吃煮鸡蛋或咸鸭蛋，认为能强健身体。当日，孩子们脖子上挂着一个用红色网套套着的蛋。民间的说法是：“立夏胸挂蛋，小人疰夏难。”还要斗立夏蛋，又称为撞蛋。“立夏蛋，满街甩”，这是小孩子们的一个游戏，是立夏最快乐兴奋的事。

斗蛋的规则挺简单，就是“比比谁的蛋壳硬”：大家各自手持鸡蛋，尖者为头，圆处为尾，蛋头撞蛋头，蛋尾击蛋尾，一个一个斗过去，斗破了壳的，认输，

光影碎金，好似躲进了鸟语花香、喜庆怡然之处。

此时，万物生长，牡丹、芍药、石竹、丁香都次第开了，快去看花吧。愿你前面有光，身边有爱。

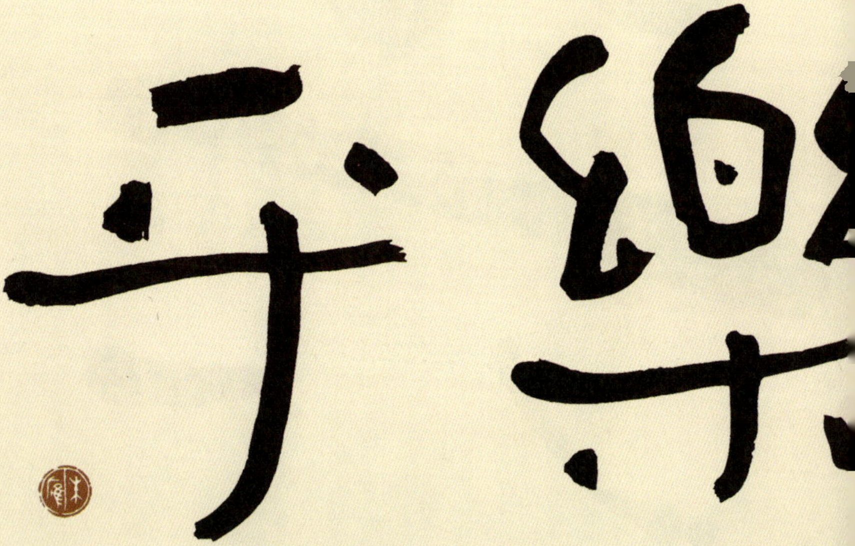
樂乎

然后把蛋吃掉。斗一圈下来，蛋壳坚而不碎的为赢家，那个蛋也被尊为“蛋王”。

麦芽塌饼

古镇的人家用麦芽粉、米粉与当季的时令蔬菜制作塌饼，内馅是豆沙、核桃肉，正反面裹上芝麻，油煎成饼，叫作摊粞。这饼香糯甜润，很有特色。

芍药当季

俗话说，谷雨看牡丹，立夏观芍药。牡丹花盛开的时候，芍药只是静悄悄地孕育着花蕾；牡丹花谢了，芍药才渐渐地绽放。所以民间有“芍药花开气死牡丹”的说法。牡丹开在春天的末尾，芍药则开在夏初，因此又有“芍药谦逊，不与牡丹争春”的说法。

木心先生说，一个人到世界上来，来做什么？爱最可爱的，最好听的，最好看的，最好吃的。夏安。

小满

小得盈满

小满即安，安乃圆满，一切都刚刚好。

小满是夏季的第二个节气。《月令七十二候集解》:“小满者，物至于此小得盈满。”小小的成就，却已是一种圆满。二十四节气里，有小暑便有大暑，有小雪便有大雪，有小寒便有大寒……唯独小满过后，却无大满。

月满则亏，水满则溢。学会知足常乐，小得盈满，亦是我们生活的法门。丰子恺说：“不宠无惊过一生。带一颗平常心，无畏名利，无愧于心，活在当下，无忧无惧。”心安即是归处，你会发现，人生一路走来，所遇、所感的每一物，都如可诉说的挚友，可拥抱的亲人，可安住的当下，即使微小，此时已得，便是圆满。满足于已经得到的，小满之间，或许更有大得。

生活处处是安然，愿我们可以不攀附、不将就，闲庭信步地走向自我的满足与安好，时时有欢喜。小满，好听，且有智慧。

感恩有当下的美好，也有彼岸的可爱。

福粽

食粽子，系五丝

小满过，端午至。

不同的时节，不同的地域，人们对食物有着不同的转换方式。几千年来，祖辈们遵循着以节气和时令为规律的自然转换之道。一把米，一片叶，一勺油盐，将食材的单调，变成饱含情感的寄托。粽子便是这端午不可不食的情愫。

传统的粽子，以甜咸口味区分，对应有豆沙、蜜枣、肉和咸蛋黄，这也是祖辈们代代相传的味觉食谱。

但是，当小龙虾和鱼肉打着爆款的旗号，与咸蛋黄一起被包进粽子里，全然不顾食材相悖的品性时，我们越发怀念起古镇里，那些传统而纯粹的端午味道。

20 世纪，有着“朱家角第一粽”之称的葛老奶奶擅长传统五色粽。五色丝线，象征五行，包扎起小而精致的五个口味的粽子。

讲究的五色粽，是旧时端午节的传统，寓意趋吉避凶。食五色粽，再小心翼翼地往手腕上绕一节五丝，这也是我整个童年记忆里的端午仪式。

如今已渐被遗忘。

为了完成这份念想，我找到了葛老奶奶的传人，不嫌麻烦地还原了古镇都已经寻觅不到的传统五色粽。

这颗祖传的粽子，有着严苛的要求，表现在对食材的固守，对步骤的一板一眼。

粽叶要新鲜，嫩而柔软，在水中反复浸泡洗刷，蒸煮，去尖。

糯米是江南古镇当地的细长糯米，自带清香。淘洗三遍后浸泡三十分钟以上，散于竹筛中晾晒一小时，至颗粒分明不粘连。

口味则是最传统的五味，红豆、蜜枣、红枣、五花肉和咸蛋黄，简单质朴的食材，让人安心而踏实，这也是手作人对传统的恪守。

大而饱满的古镇红豆，流油的咸蛋黄，五花肉三分肥七分瘦。一把糯米一口馅，裹进绿叶子里。不需要过多调味，包裹的就是这食材的本味。

煮好后的糯粽需要在沸水中静置二十分钟，出锅自然降温三十分钟，然后将水分晾去，这样才能保留糯米的清香原味。

古人讲究吃相，粽子的重量一般控制在六十克，刚好入口的个头。越小越难做，考验的是熟能生巧的功夫，还有耐心。

松下童子

江南水乡的粽子糖是最早的中式糖果之一，有个可爱的名字“小粽子”。一颗颗有棱有角，晶莹可爱，小时候食指和拇指捏起两个角放在眼前，世界都变成诱人的琥珀色。琥珀色的麦芽糖汁凝成一颗小小的“四角粽”，坚硬而有光泽，可以清晰地看见松子仁均匀有致地散布在麦芽糖体内，食之甘润、芬芳、甜蜜，似有一丝淡淡粽香入鼻。麦芽糖和松子相遇的那一口甘甜及醇厚，恰到好处。

有内涵与气质的贡糖

这颗小小而又可爱的粽子糖，可是有些来历和故事的。老人们说，清朝同治年间，一次慈禧太后咳嗽不断，御医不敢用药，以食疗大补，却疗效甚微。江南名医曹沧洲前去搭脉，他给慈禧开了帖药，微苦，便又佐以粽子糖当药引子，而粽子糖也有止咳的疗效。三天后，慈禧痊愈，深觉此味糖果神奇，便要求每年向宫廷进贡，

粽子糖一时名声大起。由此粽子糖以治过慈禧太后的病而被列为“贡糖”，算起来，这糖也有约一百五十年的历史了，每一颗都沉淀了百年光阴。

亦是国糖

在日内瓦国际会议上，周总理曾用它招待国际友人，得到一致的称赞和好评，因而被誉为“国糖”。此后远

销海内外，在国际市场上广受青睐。琥珀色的一颗颗天生带着四个小角的小小粽子糖，质地坚硬透明，色泽鲜艳，简直是一件细致精巧的艺术品。它是我国的非物质文化遗产，也被称为“世上最美丽的糖”。

虽有如此的颜值，却不仅仅是精致的甜蜜，加入上等松仁，又令其交叠了药物的滋养，食之甘润、芬芳、可口，健康也如约而至，它就成为一颗颜值与内涵兼具的糖果。

古法制作

18 个小时熬制的糖，一粒一粒挑出来的松子，一颗粽糖满口香。这是一款需要时间来熬制的粽糖。时间，是最金贵、最醇厚的成本。当然，还有那份慢熬慢选的耐心。

制作的过程同样复杂。首先是松子的选材，一定是当年上等新鲜的松子。陈年的松子有股哈喇味儿，口感不好。将麦芽糖与松仁以合适的比例融合在一起，松仁的怡人香气，与甜蜜一起在舌尖绽放。

麦芽糖的酝酿，则需要先将糯米浸泡、蒸熟，再加入麦芽，耐心等候 10 个小时以上的保温发酵，然后一点一滴滤出自然甜味的蜜汁，再经 8 小时熬炼而成。

所有的粽糖都是现熬现切，锅子不能大，每锅糖以 170 度的温度熬制，色泽类似于琥珀色，时间和火候都需要把握得当。一旦颜色转为土黄色，糖就焦了，吃到嘴里会有苦味儿；或者色泽达不到要求，像煮熟的鸡蛋黄，口味就不够地道。糖出锅后拌入松子，冷却三五分钟，然后拉条、剪切。拉条需要使劲，而剪切轻盈得像

梭织机，斜一刀，转一下，再斜一刀。蹦落到盘里的糖粒稍微再等上一两分钟，彻底冷透，口感便是最佳。这是一颗颗需要 18 个小时熬制的粽子糖。熬的不只是糖，还有那久经岁月沉淀的耐心和对食物的满怀敬意。地道的一颗小小的粽子糖，甜得鲜洁，化到嘴里，有一种冰清玉洁的透，又有一种娇艳欲滴的滑，还伴着幽远宁静的松子香。

成长记忆中的糖果，好像只有这一颗小小的粽子糖甜味还在。当我们与传统文化相遇，用再创力量再现传统之美，这颗小小的糖果，是甜蜜的礼物，也是我们对传统的致敬。

芒种

愿你手忙心闲

同此时万物的活泼一样，芒种也有“忙着播种”的意思，这时是农人们一年里最忙的时节，但因着这样的热闹与勤劳，有了金黄的麦浪和碧绿的稻田，站在能够望见秋天的夏日里，期待着日后能够收获饱满的惊喜。祝你望见丰收。

芒种是夏季的第三个节气。节气行走到此日，便是仲夏的开端了。《月令七十二候集解》里记载，“芒种，五月节，谓有芒之种谷可稼种矣”，意思是有芒之谷类作物此时可种。因为这段时间，气温显著升高，雨水充沛，空气湿度大，适宜晚稻等谷类作物的种植。而这段时间，又是小麦的收获季。所以说，芒种芒种，忙收又忙种，一年之中最忙碌的时日到来了。也就是古人所说的“春争日，夏争时”，每一个时刻都那么宝贵，不能浪费。

此时，江南的梅雨季节如约而至。一般而言，芒种后第一个丙日入梅，小暑后第一个未日出梅。这段时间里，在太平洋副热带高压的影响下，天气持续多雨，溽热难当，给忙碌的人们又带来了一种身体上的不适。

但是，也有可欣喜的。这个时节，不仅是“黄梅时节家家雨，青草池塘处处蛙”，还有“试问闲愁都几许？一川烟草，满城风絮，梅子黄时雨”的诗意。梅子黄时雨，正是此时。梅子渐渐成熟，可以采摘下来酿泡成甜甜的梅子酒，这是给初夏辛劳的人们的礼物和慰藉。

栀子也开花了，“梅子熟时栀子香”，洁白芬芳的栀子是初夏的又一个礼物。剪一枝栀子回来，插在瓶里，花苞绽放后，满屋子都是香的。这香味给人好几日持续的好心情。

芒种时节，忙着种和收以外，古人还有饯花神的习俗。从二月的花朝节迎来百花，到现在送别花神，无不透露出人们对花儿的喜爱。一迎一送，既是生活中的仪式，亦是对季节变迁的一种因应，是人与自然的和谐互动。

那些充满乐趣的过程，也如同空气之于呼吸，是最自然不过的一件事了。愿你手忙心闲。

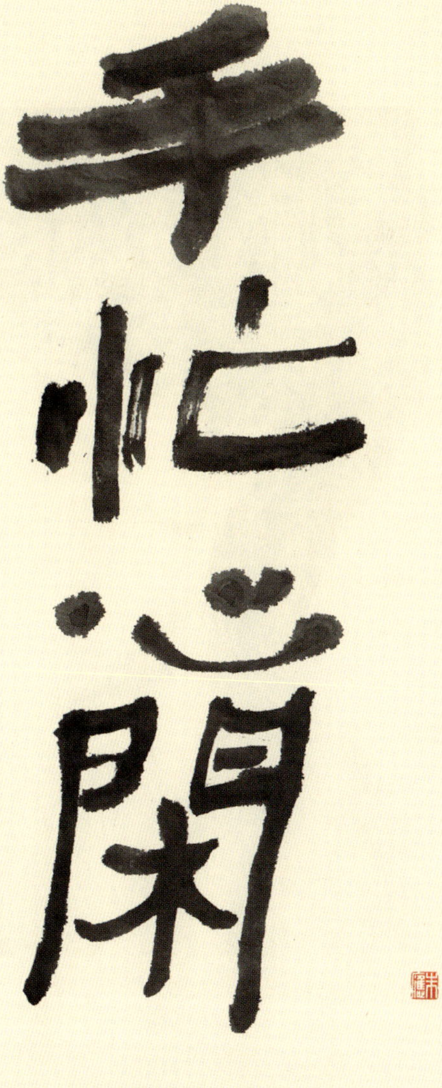

愿你手忙心闲，读书写字。心中有闲情，满眼是幸福的颜色。

夏至

极也

芒种过后，就是夏至了。梅雨季节里，一会儿闷热，一会儿又是一阵清凉雨。圆圆的杨梅，终于结出了些果实。采来的李子，酸甜可口。夏至食个荔，一年都无弊。豆角、茄子、苋菜，都是这几日天天吃的。夏至，一个关乎夏天，一个有蒲扇藤椅，一个仰望星空的美好时节。

公元前 7 世纪，周人用土圭测日影，确定了夏至。夏至是二十四节气中最早被确定的一个节气。“至者，极也。”夏至，一年中白昼最长黑夜最短，阳光充裕雨水亦充沛的节气。

《礼记》曰：“夏至到，鹿角解，蝉始鸣，半夏生，木槿荣。”夏至日到了，自然界中的蝉儿开始鸣叫了，半夏木槿也纷纷开花。夏为大，至为极，万物到此时壮大繁茂到极点，阳气也达到极致。

昼至长而夜至短

《月令七十二候集解》：“夏，假也；至，极也；万物于此皆假大而至极也。”夏至这天，太阳直射地面的位置到达一年的最北端，此时，北半球的白昼最长，且越往北越长。过了夏至，北半球的白天就会一天比一天短，夜晚一天比一天长，还会发生“立竿不见影”的有趣现象。

夏夜瞻星

一年四季，夏至的夜晚是最短的，却也是最明亮的。在这时候眺望夜空，星河灿烂，可以清晰地看到北斗七星、牵牛织女星和太白星等。此时正是观星好时机，是夏至和夜空相互给予的一种馈赠。

久長

夏雨隔田坎

夏日雷雨骤来疾去，降雨范围小，午后至傍晚常易形成雷阵雨，人们称之为“夏雨隔田坎”。“东边日出西边雨”，这是刘禹锡笔下夏至前后的雨。耐得住性子的人，会在檐下阶前等这阵雨过去，或瞧着冒雨急行的路人发呆，或一任幽幽的思绪随风飘散。

塘头荷花开

“荷花开在夏至前，不到几天雨涟涟。”夏至已至，正是荷花盛放的季节。生如夏花，或许说的就是荷花，她不惧高热，外形清秀洁净，出淤泥而不染，濯清涟而不妖。走在荷塘边，就可闻到清香，令人陶醉向往。

冬至馄饨夏至面

民间有“冬至馄饨夏至面”“吃过夏至面，一天短一线”的说法。南方的面条品种多，如阳春面、干汤面、肉丝面、三鲜面、过桥面、麻油凉拌面等，而北方则主要是打卤面和炸酱面。因夏至新麦已经登场，所以夏至吃面也有尝新的意思。

浮瓜沉李

夏至之后天气一天比一天炎热，吃一口冰镇的西瓜，是古往今来的消夏乐事。曹丕《与朝歌令吴质书》就有记载:“浮甘瓜于清泉，沉朱李于寒水。”也称作“浮瓜沉李”，把瓜果用冷水浸后食用，是暑天消夏的方式之一。

正值吃李子的好季节，李子酸酸甜甜的味道很受大家的喜欢。古人认为李子有美容养颜的功效，唐代著名医药学家孙思邈说“肝病宜食之”。

还有荔枝。“夏至食个荔，一年都无弊。”据说夏至吃荔枝，能使五内清凉，滋阴养颜。

这些都是自然发生的。于是手到心也到，知行合一，心手相应，使我们与它们、与甜蜜、与美好的时光偶然相遇。于我们、于艺术、于生活，都是难得的会心与安暖。愿你寻找到甘美的味道，也拥有寻找甘甜与美好的能力。祝不惑。

一不忘

梅子酒

初夏连雨天，梅子黄熟时。黄梅季几乎是江南人心头的阴影，连日的阴雨，熟悉到不再有任何联想，还好有一口好喝的。

时节一到，外婆总会将精心挑选过的青梅，收集在竹笼里，洗净后，去掉蒂头，放入玻璃罐中，加入黄冰糖，经过一连串的工序后，再盖上蓝色的盖子，接着就是等待一段时间的酿制。家里人就盼着能早些尝到美味梅酒，这期待的滋味像恋爱一样。

初春梅花开时犹如云霞喷薄，而到了初夏，就成梅果园了。梅子是梅树结的果子，这种梅树是果梅，和以观赏为主的花梅是不同的品种。做梅酒，所用梅子都是生的青梅。青梅跟黄梅是一样的，就像毛豆是黄豆的小时候。

梅子酒是将青梅浸于蒸馏酒，经长时间浸泡入味而得，青梅的酸甜和酒的浓烈融为一体。角里[1]人传统做梅酒的方法，一斤梅子一斤酒七两糖，做出来的梅酒相当挂杯，很甜。所用的糖，以冰糖口感更胜，黄冰糖尤佳。

1 指朱家角古镇。

抿上一口梅酒，享受一下微醺的惬意，初夏的美妙滋味尽在其中。

做梅酒，是一件很有意思的事，简单中又有着不少小心思。就如同品尝梅子酒的滋味，也是一件简单而讲究的事。甜中那微微的小涩味，青梅的清香，都让人久久地回味。一年里属于青梅的时节也就短短十几天，时令一过，物不复在。珍惜当下。

酿

1. 将青梅洗净并泡水 2~4 小时，去除表面残留的农药及脏污。需要控制好时间，浸泡久了，梅子可能会腐烂。可加入 1~2 匙食用盐，帮助去除梅子的涩味。

2. 将浸泡过的青梅稍微冲洗并彻底擦拭、晾干，用牙签去蒂，能帮助降低涩味。泡过水的青梅一定要充分风干，带有水分容易滋生细菌，且会酿出浑浊的酒。

3. 将青梅、冰糖与酒依序放入消毒干燥后的玻璃瓶中。梅、酒、糖的比例为 2 ∶ 2 ∶ 1（糖可依个人喜好调整分量）。玻璃瓶可用酒精消毒，食材建议装七分满，以免发酵膨胀溢出。

4. 将瓶子密封，储存在干燥、阴凉且避光的地方。记得在瓶身上贴一个日期标签。第一个月每隔几天摇晃一下，确保糖分充分溶解以后，可以静止安放。

5. 大约半年或 8 个月后，便可试着饮用，尽享梅酒的醇香了。

小暑

有西瓜相伴的日子

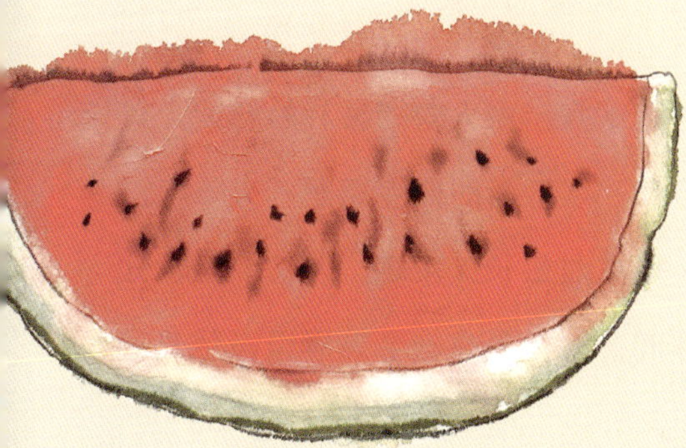

小暑，梅雨尽，温风至。梅雨季之后的第一个节气就是小暑，标志着出梅、入伏，一个自带高温体质的时节。

小暑，六月节。二十四节气的第十一个节气，夏季的第五个节气。《月令七十二候集解》里说：“六月节……暑，热也，就热之中分为大小，月初为小，月中为大，今则热气犹小也。”故称为小暑。

小暑大暑，上蒸下煮

小暑大暑，上蒸下煮。古人对“暑”的解读，有一个“煮”字。“煮”字下面的四点原是“火”字，夏季昼长夜短，大地被烈日长久炙晒，尤其地面水分蒸发，人们生活其间，很像是在一个笼屉里被蒸煮，十分形象。

小暑至立秋，是“三伏天”的日子。“伏”是藏阴气于炽热之中的意思。“伏”字很好玩儿，左边是“人”右边是“犬”，都趴着不动。“三伏”，就是告诉人们要顺应天时、休养生息、伏藏不动。

晒书画、衣服

小暑时节，人们会晒书画和衣服。“六月六，人晒衣裳龙晒袍。六月六，家家晒红绿。”农历六月六，约在小暑的前夕，为一年中气温最高，阳光辐射最强的日子，家家户户大多会在这一天“晒伏”，把存放在箱柜里的衣服晾到外面接受阳光的暴晒，衣物上留下阳光的味道，香喷喷地过上一整个夏天。

小暑食记

头伏萝卜二伏菜，三伏还能种荞麦；头伏饺子二伏面，三伏烙饼摊鸡蛋。小暑头伏吃饺子，饺子在传统习俗里正是开胃解馋的食物。

小暑过后尝新米。“吃新”，又叫“吃辛”，指的是在小暑节后第一个辛日尝新米，分享丰收的喜悦。

小暑吃藕。藕中含有大量的碳水化合物和膳食纤维，以及丰富的钙、磷、铁和多种维生素，有安神助睡眠之功效，可治血虚失眠。

古人将小暑节气的饮食概括为“三花三叶三豆三果”。“三花”指金银花、菊花和百合花，“三叶”指荷叶、淡竹叶和薄荷叶，此三花三叶适合冲泡成茶。“三豆”是指绿豆、赤小豆和黑豆，“三果”指西瓜、苦瓜和冬瓜。中医将它们称为夏季灭火器，真是可爱的名字。

暑假每天都是好日子

7月有两个节气——小暑和大暑。这里一定有暑假，孩子们早就开始期盼着各种游戏、各种欢乐，每天都是好日子。旺盛的夏季有着无限的乐趣。

小暑和大暑之间，有丰沛的雨水、充足的光照，还有满眼的绿色，也是最宜疏散运动的时节。所以在这样的时光里，万物都在尽情地生长，长大。夏日开心。

一季有一季的好事，一天有一天的美事。

大暑

清风无处寻

大暑是二十四节气的第十二个节气，夏季的最后一个节气，一年二十四节气马上过半了。

大暑时节正值三伏天里的中伏前后，气温最高，雷雨横行。每一寸阳光，都是炽热的，稍微一动，就大汗淋漓。

大暑三候

一候腐草为萤。古人说的是萤火虫长成了。

盛夏的夜晚，小朋友们拿着小袋子，小心翼翼地捉萤火虫。有很多一闪一灭的光亮，扑闪扑闪，犹如一盏盏神秘莫测的明灯，那就是萤火虫发出的光亮。捉到了，就许愿，再放掉。仰头有闪亮而温柔的银河星系，低头有萤火虫在草丛中飞舞，身边是天真无忧的小伙伴们，真是美好。

二候土润溽暑。大暑正是三伏中的“中伏”，一年中最热的时候。不下雨的时候，是闷热，下雨之后，土地潮湿，稍凉快一会儿之后，是湿热。总之，逃不了一个热字。但此时，有温度，有湿度，也是喜热作物生长最快的时候。

三候大雨时行。大暑也是雷阵雨最多的季节，尤其是午后，时常有大的雷雨。片云致雨，突然而来，又倏忽而去，带来片刻的清凉。

心中有清凉

炎炎夏日，一到家，首先要做的事就是冲凉去汗。洗完澡在地板上铺一张竹席或支一把躺椅，备一杯酸梅汤、几片西瓜、泡饭、玉瓜条和酱菜，可看电视、看书，也可小憩。一面团扇，一根冰棒，一阵雷雨，勾起了我们对夏天无边的联想。

夏天是养心的季节，安顿好自己的身心，心中有清凉，大暑天里也都是好时光。

它只与自己相关，与自己的所爱相关，与自己的愿望相关。是宇宙间最私人的、最不可言说的一件事儿，藏好了就好了。

有玉瓜相伴的儿时夏天

大暑，古镇的青石板路晒得热辣辣的烫，井里打出一桶水，浇上去，呲哗哗地响，眨眼石板又是一副晃眼的白，毫无生机。一连浇上四五桶，路面似乎才稍有了一点古镇青石板应有的润润的样子。

这是一年中太阳最猛的日子，街上少有行人，小娃儿们躲在空调房里，知了也止住了声声叫。

时间忽的一停滞，想起了儿时的大暑天。

儿时大暑专属的味道

那时候是没有空调的夏天，在大树的阴凉下，老人们手执一把蒲扇，坐在竹椅上摇啊摇。那时候的夏天，

有红与黑的甜西瓜，有冰镇百合绿豆汤，还有小伙伴们心心念念的，外婆腌制在坛子里的玉瓜条，总想逮着机会卷起袖子偷吃。

是那种咬起来脆脆爽，刚入口有点咸，嚼到后面就泛着蜜饯甜味儿的玉瓜条。它生长在古镇水库旁，是当地的一种特色瓜，大家叫它地瓜。

地瓜直接炒制吃起来微苦，做成酱瓜，脆爽里泛着被稀释的微苦，似乎是大暑里最消暑的小食。长大后，吃过很多地方的酱瓜，各有特色，却唯独没有儿时玉瓜条的那种蜜饯味。老人们说，是因为做玉瓜条的瓜长在水库旁，浸润了江南古镇水的温甜。

玉瓜条，酱瓜中的贵族

在没有添加剂的年代，酱制是古老而繁复的手艺。从小就听外婆说，玉瓜条是酱瓜中的贵族，因为瓜期短，只在大暑前后两周才有，而每一坛的玉瓜制作周期需要一周时间。摘瓜，不兴用剪刀，老人们习惯用手掐，新鲜掐下来的地瓜泛着光泽。摘后第一时间将表皮清洗干净。再从中间剖开，瓜瓤一溜儿全刮走，清洗干净后利落地切小块儿。

腌制酱瓜的缸一定要用最老旧的土缸，缸内四周均匀抹上一把粗粗的盐，再把切好的地瓜段铺在里面，压上厚厚的两块大青石块，一定要压够四十八小时。四十八小时后，水分被逼了出来，地瓜条缩小了一倍不止。

腌完瓜，就要开始酱瓜。古镇里自制的酱油煮开，加入土冰糖一起搅拌熬煮，熬到泡沫全部消失，这是酱瓜能保质的诀窍。土冰糖则是让酱瓜吊出蜜饯味的关键。

熟酱浇在装好地瓜条的盆里，蒙上一层纱布，拿到大暑的太阳底下暴晒，晒制期间，每三个小时要翻动一次，让地瓜条均匀晒干。连着晒足五个大暑天里热辣辣的日头，直到晒得玉瓜又缩小了一倍不止，酱汁渗透，

立秋

凉风至

立秋，时间在公历每年8月7日或8日。二十四节气的第十三个节气，也是秋天的第一个节气，孟秋的开始。

立，始建也。秋，揫也，物于此而揫敛也。预示着炎热的夏天即将过去，秋天如约而至。

立秋三候：初候，凉风至。此时的风不同于暑天中的热风，已给人些许凉爽之感，天气有转凉的趋势了。二候，白露降。凉风徐来，早上起来，叶子上偶尔能看到晶莹的露珠了，更多的时候也许只是能感受到一层层雾气。三候，寒蝉鸣。秋天里离别的伤感似乎总少不了寒蝉的鸣叫，寒蝉成为古诗文中的常见意象。

明是永远抱着希望，是其乐在我的主动。

月亮快要圆了，蟹将肥，桂花皎洁芳香。自己做顿饭食，在瓜果蔬菜里，也能体会到季节的美意。借着已来的和将来的秋天的风物，先干为敬，也祝你快乐。

吃一个苹果哦，来自天地自然的礼物，都是纯粹又真切的快乐。平平安安是最大的福分。

秋　社

秋社原是秋季祭祀土地神的日子，始于汉代，后世将秋社定在立秋后第五个戊日。此时收获已毕，官府与民间皆于此日祭神答谢。宋时秋社有食糕、饮酒、妇女归宁之俗。在一些地方，至今仍有“做社”“敬社神”“煮社粥”的说法。

贴秋膘

民间流行在立秋这天以悬秤称人，将体重与立夏时的对比来检验肥瘦，体重减轻叫“苦夏”。人到夏天，本就没有什么胃口，饭食清淡简单，两三个月下来，体重大都要减少一点。那时人们对健康的评判，往往只以胖瘦做标准，瘦了当然需要“补”。等秋风一起，胃口大开时，就要吃点好的，增加一点营养，补偿夏天的损失，补的办法就是“贴秋膘”：在立秋这天吃各种各样的肉，炖肉、烤肉、红烧肉等，以肉贴膘。

“秋老虎”

立秋之后仍有一“伏”，“秋老虎”依然存在。但是，大自然还是有了变化，中午热、早晚凉，而且“一场秋雨一场凉，十场秋雨就结霜”。秋老虎是我国民间指立秋以后短期天气回热的现象，持续天数约 7~15 天。

形成秋老虎的原因是控制我国的西太平洋副热带高压秋季逐步南移，但又向北抬，在该高压控制下，天空晴朗少云，日射强烈，气温回升。立秋热，处暑依然热，故又有“大暑小暑不是暑，立秋处暑正当暑”的说法。

酸味水果在立秋后很受宠

立秋后，在饮食上要“增酸”，以增加肝脏的功能，抵御过盛肺气的侵入。苹果，具有生津、润肺、除烦、开胃、醒酒等功用。它还能预防和消除疲劳，苹果中的钾，能与体内过剩的钠结合，并使之排出体外。摄入过量盐分时，可吃苹果来帮助排除，所以吃苹果或饮苹果汁对高血压患者有益。葡萄，性味甘、酸，鲜食酸甜适口，生津止渴，开胃消食，但脾胃虚弱者不宜多食，食多令人腹泻。

立秋，要多吃些苹果、葡萄、山楂、柚子等偏酸、多汁的水果，对高血压、冠心病、糖尿病等都有一定疗效。

8 月节气有立秋、处暑。秋天，暑天的暄气将消，天空高远又明亮，阳光也很好，值得拥抱。蟹将肥，桂花芳香。自己做顿饭食，在瓜果蔬菜里，也能体会到季节的美意。

七月七，吃巧果

七夕节又称“乞巧节”“女儿节”，是中国传统节日中最具浪漫色彩的一个节日。

巧果则是属于七夕的传统食物。色泽金黄，闻起来透着奶味的香甜，口感坚实，能放置较长时间。有的地方在巧果制作好后，用五彩的丝线穿起来，给孩子们挂在脖子上，饿了就揪下来吃，据说女孩子吃了巧果会越发心灵手巧。七夕送恋人巧果，也成为表达情感的最好方式，七夕巧果也逐渐成为爱情的象征。

比起巧克力，给家人送上自己亲手做的，带有传统特色的乞巧果，会不会让这一天变得更有意义呢？下面就给大家介绍一个乞巧果的简单制作方法吧。

浪漫可以很简单，浪漫的人却很难得。

食材准备：面粉、糖、酵母、牛奶、鸡蛋。

制作过程：

1. 混合所有原料，揉搓成光滑的面团（较硬的面团），放温暖处发酵至2倍大；

2. 取出面团，充分揉匀揉透，搓成长条，揪成小剂子；

3. 再将小剂子放入模子中，用手压实，用刀削去多余的面；

4. 将模子拿起倒过来在台面上用力磕，磕出巧果生坯；

5. 将巧果生坯摆入烤盘，再次醒发15分钟左右；

6. 将烤盘放入已经预热好的烤箱中层，190度烤制10分钟，取出后放烤网上自然晾凉。

处暑

天高云淡，露浓于野

处暑，二十四节气之中的第十四个节气，意味着即将进入气象意义的秋天。“处，去也，暑气至此而止矣。”处暑的“处”是“终止”，处暑即指“夏天暑热正式终止”。

人们说此时的天气，“一场秋雨一场凉”“立秋三场雨，麻布扇子高搁起”“立秋处暑天气凉”等，就是对“处暑”气候变化的直接描述。处暑期间的气候特点是白天热，早晚凉，昼夜温差大，降水少，空气湿度低。

处暑习俗

祭祖。处暑节气前后的民俗多与祭祖及迎秋有关。处暑前后民间会有庆赞中元的民俗活动，俗称“做七月半”或“中元节”。旧时民间从七月初一起，就有开鬼门的仪式，直到月底关鬼门止，都会举行普度布施活动。

放河灯。河灯也叫“荷花灯”，一般是在底座上放灯盏或蜡烛，中元夜放在江河湖海之中，任其漂泛。放河灯是为了普度水中的落水鬼和其他孤魂野鬼。

吃鸭子。民间有处暑吃鸭子的习俗，原因是老鸭味甘性凉。做法也花样繁多，有白切鸭、柠檬鸭、子姜鸭、烤鸭、荷叶鸭、核桃鸭等。

最美人间处暑秋

处暑，暑气消退，秋意渐浓，正是人们畅游郊野、迎秋赏景的好时节。秋水如镜，秋云纤巧，秋雨清凉，处处皆是好风景。

处暑秋色，“落霞与孤鹜齐飞，秋水共长天一色”，秋光清浅，秋水澄澈。天上的云彩也变得纤巧轻盈，有“七月八月看巧云”之说。天高云淡，不如学王摩诘，“行到水穷处，坐看云起时”。

处暑的雨也别是一番味道。“空山新雨后，天气晚来秋”，秋雨带来人们渴望已久的清凉，冲刷掉酷暑的燠热与烦闷。余光中说“雨是最原始的敲打乐”，

做好世间的功课，相互依偎，相互支持，一路体验一路成长。

自在是永不过时的法门。

一场秋雨如一首秋之进行曲，无论是疏雨滴梧桐，还是骤雨打荷叶，滴滴点点滴滴，总有一种听觉上的美。

寻味好时节

初秋时节，饮食应突出养阴清燥，润肺生津。

鲫鱼。处暑正是鱼、虾、贝类等海产品和河鲜发育成熟的季节。鲫鱼所含蛋白质质优、齐全，易于消化吸收，健脾利湿，和中开胃，且肉嫩味鲜，尤其适于做汤。

墨鱼。墨鱼味道鲜美，营养丰富，每 100 克含蛋白质 13 克，脂肪仅 0.7 克，具有补脾益气、利水等功效。

葡萄。葡萄是处暑时节很好的时令水果，有益气补血、补脑安神、除烦明目的功效，适合燥热、耗气伤阴的处暑节气食用，适当多吃一些，可以帮助人体排出毒素，消除内热。

山楂。山楂含有丰富的氨基酸、维生素等。每 100 克山楂含 89 毫克维生素 C，是胡萝卜的 7~8 倍，

而且山楂所含的粗纤维甚多，助消化作用明显，可促进肠蠕动，增加食欲。

红薯。红薯有“补虚乏，益气力，健脾胃，强肾阴”的功效，使人“长寿少疾”，还能补中、暖胃、安五脏等，所以最适宜在处暑时节食用。

山药。处暑天气干燥，应注意护眼。而山药在中医上有着“聪耳明目”“不饥延年”的功能，对人体健康非常有益。

白露

初凉为露

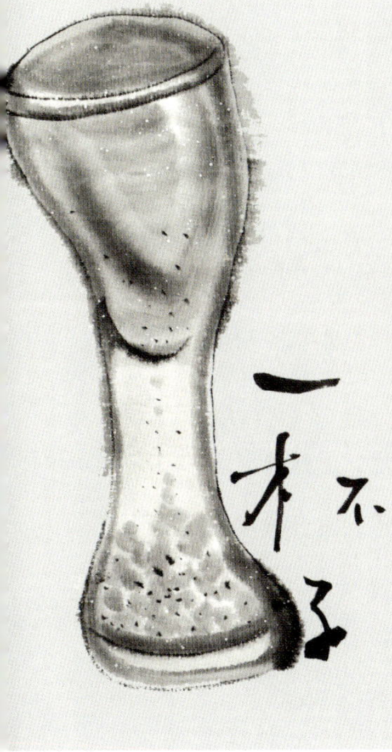

9月之初，夏暑终于退散，白露是秋季的第三个节气。天气由此开始转凉，《月令七十二候集解》有言：“白露，八月节。秋属金，金色白，阴气渐重，露凝而白也。”古人敏锐地捕捉到了植被上出现的那一滴滴晨露，并将这一节气命名为“白露”。

蒹葭苍苍，白露为霜

《诗经》所载，古代青年男女，情投意合出游的时节，正有白露为伴。晨间虽有微凉的露珠，但白昼却有天高云淡、气爽风凉之感。

北方此时天气晴好，体感适宜，正是走出空调房，亲近自然的大好时机。南方的冷暖空气还会交锋一阵，不时再飘几场雨，但却有丹桂飘香，惹人驻足。

群鸟南归

白露分为三候，皆与鸟有关：“一候鸿雁来；二候玄鸟归；三候群鸟养羞。”候鸟在此时往南迁徙，

当下的一刻，是我们的唯一，因为不可追留，所以“一刻”一直都真切而美好。

念

来的就来了，走的就走了。我们的心，念着就好了。

这个月有中秋。十二度圆皆好看，其中圆极是中秋。人们赞叹也念起圆满，于是借着中秋这日天上的圆月，有了这一年一次的节日。与人间花好月圆的环绕同样珍贵的，还有我们此时的安心和满足，就像诗里所说的：“阴晴圆缺都休说，且喜人间好时节。”祝你有念有圆。

留鸟则加紧储存食物，以度过北方冬日的饥寒。

上海崇明岛有一处东滩湿地，每年吸引大量迁徙的候鸟在此落脚。繁华都市距此，也不过片刻车程，周末便可带着孩童，背上相机，一起前去欣赏这盛景。人与自然想要和谐共处，并非难事。

收清露

当植物上的露水初现，富有想象力的古人留下了颇具仪式感的民俗——“收清露”。《本草纲目》上记载：“秋露繁时，以盘收取，煎如饴，令人延年不饥。”

古人认为百花上的露可养颜，柏叶、菖蒲上的露可以明目，韭叶上的清露可去白癜风等。虽然现代科学并不承认这种观点，但是这种精巧而细致的仪式，本身就充满了乐趣，不是吗？

食补去秋燥

白露之时，来自北方的冬季风，把夏日的水汽给吹干，口喉难免品尝到一丝“秋燥”的味道。食补是维持体内养分平衡的智慧途径。

食梨可润燥消风，镇咳止喘，清心降火；若脾胃较弱，则可炖成冰糖梨水服用。

白露茶也是相当不错的选择，民间有“春茶苦，夏茶涩，要喝茶，秋白露”之说。白露茶的独特甘醇清香味，让人回味无穷。

白露是一年中难得的好气候，多补水，多出门，多看世界，多亲近自然，生活好不自在！愿我们善护念，生欢喜，游逍遥。

月下白，
传承酥和饴的月饼

有一种颜色，古人称作“月下白”。明月出天山，苍茫云海间，这是古人眼中的月白色。月亮是暖白色的，月夜下那一层薄薄的青色是来自天幕的光，所以，月白色不是纯白色，而是一种和月光很像的淡淡蓝色。

我们学习的色彩，大多都来自西方的理论。其实，早在千百年前，我们的古人就已经调和出了好多好看的颜色，并且为它们起了诗情满满的名字，足以让我们吟咏不尽。每一个颜色名称，都凝结着古人的智慧，有他们的脾气、情绪、感知、想象以及对生活和大自然的爱意。就如同沈从文在给妻子写的信里说，“这里小河两岸全是如此美丽动人，我画得出它的轮廓，但声音、颜色、光，可永远无本领画出了”。古人对色彩的表达与命名，不仅仅是用眼睛去看，更重要的是用心去感悟。

月亮高挂朗照的颜色，就是月白色——它是一种冷寂的颜色。“此时相望不相闻，愿逐月华流照君”，人生际遇无常。希望这清冽的月光能带给你一丝安慰和祝福，希望我们的古法月下白月饼带给你团圆的喜悦。

寻古味

苏东坡《留别廉守》一诗中“小饼如嚼月，中有酥与饴”，说的就是苏式月饼。“酥”和“饴”正是苏式月饼酥松易化的写照。

苏式月饼是我国历史最悠久、文化最深厚的月饼派系之一，不仅是具有地域特色的传统食品代表，也是“苏式”传统文化的重要体现。

苏式月饼源于唐朝，盛于宋朝。为了追寻苏式月饼的传统工艺，我们和非遗保护中心的工作人员专程拜访了古镇一家专门做传统苏式月饼的老字号店铺——老店酥饼。

打月饼

老店酥饼的传承人为我们展示了苏式月饼制作的整个过程。师傅说:“打酥饼并不难，难的是要让自己满意。几十年来，我们始终坚持让酥饼黄里带香，香里带酥，酥里带脆，脆里带软，软里带肥，肥里带鲜，以这六个特色为宗旨。”由此可见，师傅做每一块酥饼都是精益求精，为的是呈现最上乘的口感。

选挑切烤。选用自然好料，剔除糟粕，再切细果仁，烘烤出香。食物的美妙之处就在于把不同的食材融合在一起，它们不但展现出各自的闪光点，同时也烘托出同类食物的长处。这些馅料食材齐聚一堂，等待下一步的成型。

搓馅球。师傅们巧妙的双手将这些馅料捏合在一起，每块月饼 50 克的馅料卡得刚刚好。果仁之间的配比，糖分的比例，平衡之道，一切都是刚好。这口馅料足以让你回味一天。

油包酥。油为油面，为月饼最外层的酥皮，就是酥到掉渣的部分。混合猪油、植物油、水和面粉，师傅用结实有力的臂膀和温润的手掌揉制出油面。这一步很考验师傅的水平，如果太薄，它便无法包裹住油酥和馅料，容易爆破。酥为油酥，为月饼第二层的酥皮，它有力地保护着里面的馅料，也起到密封的作用。油酥也是搓出来的，面粉和猪油混合，一点一点地交织融合。

制皮包馅。将油面搓成长条，用虎口的位置下剂子，用手掌根按压后投入油酥，二者贴合好之后，用擀面杖擀成长条，卷起，再擀再卷。苏式月饼的酥皮与其他派系的月饼区别最大，就是这样一层一层手工做出来的。酥皮成型后，再均匀地包入馅料。

成型盖章。这是很有趣的一个步骤，仿佛为月饼取上姓名。

烤制。盖好章后，将月饼放入烤箱烤制，月饼稍稍地鼓起，这是起酥的过程，颜色也慢慢地转成焦黄色。取出后，自然冷却。

心　意

老一辈人有着特有的执着与专注，哪怕一辈子只做好一件事，都认为是巨大的成就。

如今老店酥饼只专注做八个口味的月饼：葱油、椒盐、火腿、肉松、豆沙、绿豆、椰蓉和芝麻。他们坚守着传统的配方和手工包制的方式，为思乡的人们提供食物最纯真的味道。从选料到成品，他们都坚持做到最好。因为坚持，一切都变得可贵。

我们用自己的画、字、诗，设计包装这款传统古法手作的古镇酥饼，同时也分享给更多的朋友。品尝一块酥饼，感受我们的祝福和手作人的心意。愿悠然。

秋分

昼夜均分

秋分是一个重要的节气，无论南北西东，全球此时昼夜时长相同。过了秋分后，北半球昼越短，夜越长。同时，气温从暑热慢慢转向寒冷，而在此时达到最平均、最舒适的状态。

秋分是一个可以精确到秒的时间节点。古人认为这是世间万事万物阴阳平衡的支点。这个世界多是以不平衡的姿态在运转着，平衡永远是“瞬态”，而不是“常态”。因此，我们才会设立一个节气，去专门纪念这样罕见的时刻。

我们的先祖们，也为此留下了大量的民俗做纪念。

秋祭月

古有“春祭日，秋祭月”之说，所谓“中秋节”，最早也是从秋分演化而来。因秋分之时月亮未必满月，因此才将中秋节移至秋分附近的农历八月十五，并将圆月作为节日最重要的意象。

北京有日坛、月坛、天坛、地坛，供古代帝王权臣在春夏秋冬的平分点，分别祭拜日月天地。无论如何位极人间，对于这天地万物的运行之道，我们的古人始终心怀敬畏。

农忙时分

对农人而言，秋季降温快的特点，使得秋收、秋耕、秋种的“三秋”大忙显得格外紧张。这是传统丰收的时节，古代的乡村社会，此时会设立秋社，祭祀土地神以感念自然所赐予的丰收，并集结乡邻宗亲，强化人与人之间最朴素的联系纽带。

即使收割完毕，农人也绝不能闲着，北方要种下冬小麦，而南方则要种下下一季水稻，这才是来年一份安稳的保障。

一定要爱着点什么，恰似草木对光阴的真情。相遇的日子里，有爱有情，有感有念——安住于心底。愿遇见。

秋分美食

秋分时节转瞬即逝，古人在忙碌中度过了这一时刻，此时可千万不能忘记抚慰一下自己的口腹之欲。

岭南地区，时至秋分，常有全村采摘野苋菜的盛景。苋菜软滑而菜味浓，在很多地方都被称为“长寿菜”，有润肠清热、保护心血管和护肝的作用。

秋天螃蟹最为肥美可口，江南之地既有内陆的河湖，也有沿海的渔场，供应着无数鲜活的螃蟹。将螃蟹搭配上本地随手可得的软糯年糕，鲜美与富足，在一道菜中富有层次地呈现在面前。

秋分过后，天气将加速转凉，记得多贴秋膘，为身体储存过冬的能量。接下来，我们将迎来一年中难得的，属于自己的闲暇时光，为来年开春破土而出储存内心的能量。

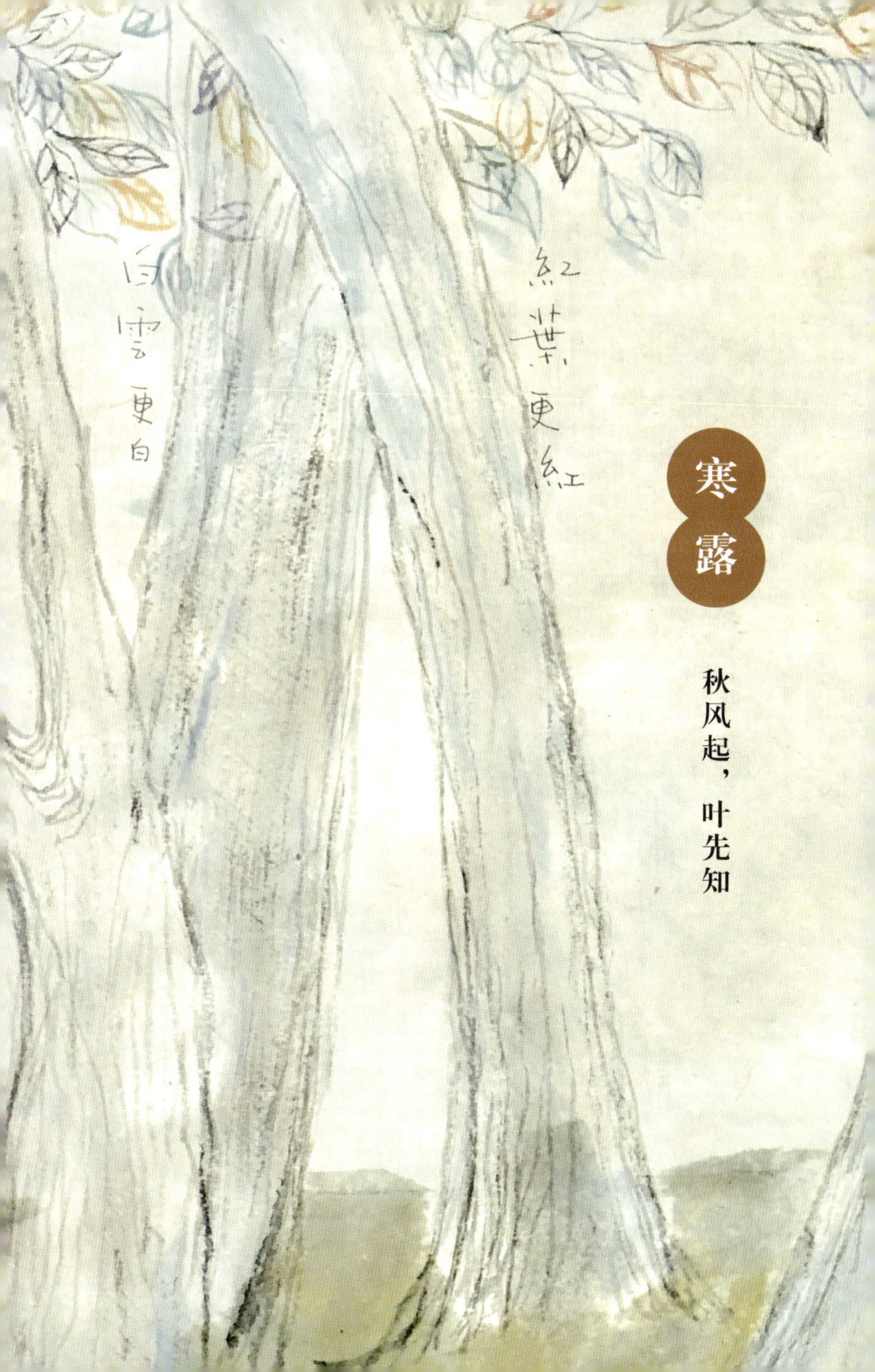

寒露

秋风起，叶先知

“九月节，露气寒冷，将凝结也。”当太阳到达黄经195度时，植物表面开始出现霜冻，白云更白、红叶更红，在夏季郁郁葱葱的绿色和冬季银装素裹的白色之间，夹杂着这样一段色彩绚丽而明艳的美好时光，天地万物似乎用尽一年最后的力气去呈现那一片五彩斑斓的世界。

此时，南北方差异较大，寒露前后，北方黄叶飘零，已是深秋景象，而南方蝉噤荷残，秋意方才转浓。

赏菊

唐代李璟写过“菡萏香销翠叶残”，李商隐则说“留得残荷听雨声”，夜长昼短，阴盛阳衰，使人不免联想到即将到来的肃杀冬日，并感到一丝丝的畏惧。

独独只有菊花，在阴气渐重的时候开放。它也因这顽强逆向生长的本能，成为受人尊敬的“四君子”之一。

菊集天地之阴气，却又如此美丽绽放。作为生者，我们相信这人世间一切的美好，都有这世上过往者的庇佑，我们也将这象征人间美好的花摘下，寄托对逝者的哀思。

登　高

菊在肃杀的阴气中绽放，我们的古人，也选择傲然地面对这日渐萧索的深秋。

寒露时节与农历九月九的重阳相近，古人在此时选择登高望远，以更辽阔的视角看这天地万物。游子登至高处，心怀远方的亲人，也更能提醒自己离开家乡在外拼搏的初衷。

无惧寒流，勿忘初衷，积极与乐观，始终是我们生活的主旋律。

有时，人的一生只为了某一个特别的相会。

这个月有霜降，它是秋天的最后一个节气了，草木色黄而摇落，虫子们都要俯头睡觉了，就像撒了糖霜的蛋糕要尽快享受，秋天的层林尽染也很短暂，要珍惜暖色的秋光。忆无声，爱有意，愿长相忆。

食百果

寒露正值深秋，大量水果上市，补充我们因气候干燥所流失的水分，喜欢水果的朋友，可以大快朵颐。

山楂富含钙质，适合孕妇和儿童食用；柑橘清新香甜，全身是宝，老少皆宜；柿子润肺止咳，清热生津；石榴可助消化，软化血管，降脂降糖；柚子可健胃消食，消肿止痛……

丰富的营养，增强了我们的体质。祝你身体康健，安然面对寒冷，过一个无病无灾的秋天。

小小的金豆，承载了最美好的记忆

传统和传承，才是最美的

狭窄的街巷、青石板铺就的路、古韵的房屋和古道热肠的人们……交织着那特有的生趣儿。酒馆小酌，绵软的乡音、朴素的衣着……这就是我最爱的朱家角，也是我童年成长的地方。

10 月，一年一次新鲜毛豆上市的季节，心里记挂着的，儿时古镇小巷子里那些手作青豆，像是被召唤般苏醒。

情感才是食物最好的佐料

天微亮，到达角里。小时候的画面一幕幕涌上眼前。那时，集市中，从街头走向街尾，乡里邻居这家塞几颗麦芽糖，那家塞一把青豆，一圈下来，角里的乡土风味，每次撑得肚儿圆……

角里老阿婆的传统古法手艺远近闻名，承载着她们一辈子的勤劳和无限的爱。

每年寒露后立冬前的踏扁青长得最饱满，这个时候采摘下来，并及时将豆子从荚中剥出。一定要用冰糖水一起烧煮。虽然和白糖相比，用冰糖水熬制，比较费时，制作不便，但其味更美，对身体更健康。

第一天，煮好后的豆子放在自制铁筛内，用古老的煤炉文火制作方式，烘熏六七个小时。这期间需要不断地翻炒，等待冰糖微渗青豆，口感甜沁香醉，满口清香。第二天，再翻炒半日。

就在这传统制作的过程中，经不住诱惑的我们，未等豆子完工，就已肚子撑得直打响嗝，隐隐有了儿时的回忆和当时幸福的味道。

食物，在生活中保留的某种痕迹

回到家，已经深夜。在带回的每包豆子中，每一颗都满满地住着无数细节、爱和温暖。在味蕾愉悦的时刻，更留恋的还是这种儿时的烹饪方式和饮食状态。我能感受那种画面、那种氛围。豆子在筐里翻炒，孩子们在旁欢笑。

美食就应该这样，简单、真切、踏实。我们可以从中领悟到一份珍惜生活和享受生活的人生态度。让孩子们参与，也是希望他们能感受到，亲手手作，简单生活，幸福可能来得更多一些。

霜降

捧在手心里就能感受到
满满的幸福

天气渐冷，露凝成霜。四时之气，便只剩下寒冬。

《月令七十二候集解》里说：“九月中，气肃而凝，露结为霜矣。”天儿真的冷了，梧桐叶黄，候鸟南飞，露结为霜。早晨起得早，草地上、田野里应该可以见到初霜，薄薄的一层，带来刺骨的寒冷。霜降是秋天的最后一个节气，过了这十五天，我们就将迎来冬的宁静与肃穆。

这个季节最美的就是稻田了。江南的稻子正在收割，酿出美酒则是获稻之后的期盼。千年以来，我们都是这样，在辛苦中期盼着，稻熟酒成，便可觥筹交错，在杯盘狼藉中醒来继续劳作。

悠然見南山

日日暖心

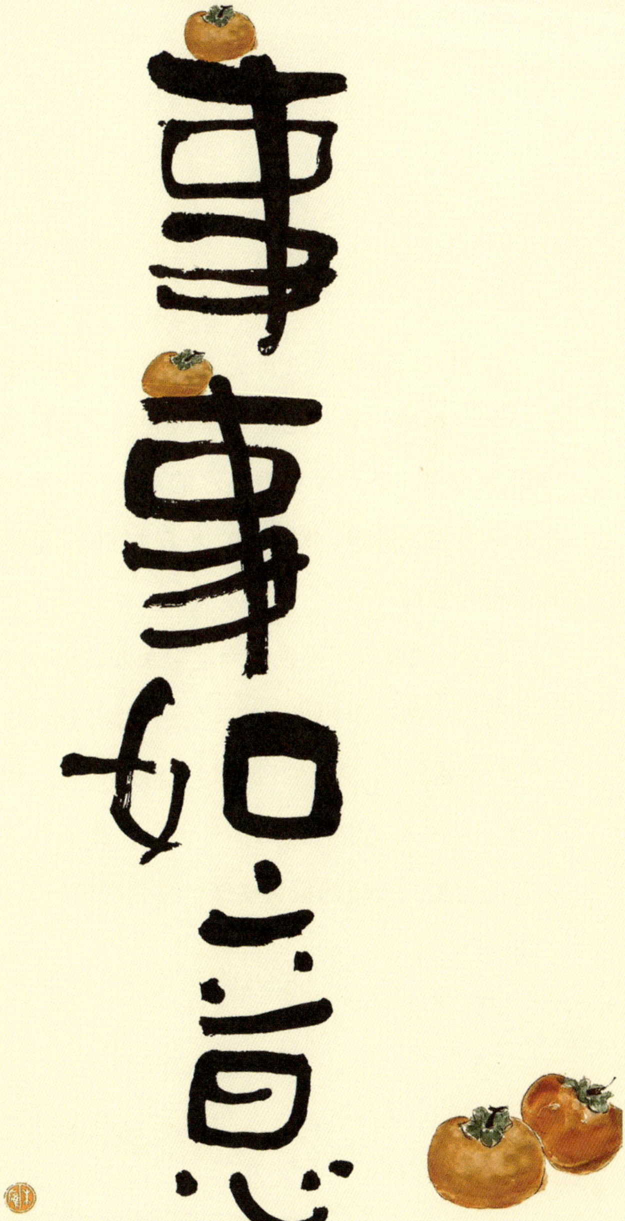
事事如意

这时候，山野随处可见的是菊花、大丽菊、万寿菊等菊科植物，有些花虽不是很起眼，却是深秋不可或缺的点缀。不过大家更关注的还是秋天的果实，这是秋天特有的味道。霜打过的果子才好吃，番薯、山楂、柿子都是这样。

此刻，嘴里多了一种甜丝丝暖暖的味道，它软软的，香甜可口，捧在手心里就能感受到满满的幸福。

汪曾祺先生说“秋风一起，胃口大开，想吃点好吃的”，古人也说“美者，甘也”。真喜欢这样不需解释的甜美，可爱的橙黄橘绿，看到它们好高兴。

立冬

收藏的时候到了

立冬，是二十四节气中的第十九个，它与立春、立夏、立秋合称“四立”，是极重要的日子。立，建始也。冬，终也，万物收藏也。“天水清相入，秋冬气始交。”立冬到来，水始冰，地始冻。冬季无繁花似锦，却天地合一，清净安宁。

立冬时节的江南还是秋的样子。枫香、法国梧桐，都是极美的。树叶绿的绿，红的红，黄的黄，是绚烂秋景的延续。

喜欢这样的植物，初冬时节从树上飘下来，一片又一片，捏在手里，像一件件黄马褂，多有趣的事儿。这就是鹅掌楸的黄叶。

鹅掌楸也叫马褂木，这两个名字都是以它的叶子的形状来命名的。它是一种古老的孑遗植物，年岁和银杏水杉一样悠长久远。年年岁岁，将这初冬季节装点得格外迷人。

在古代农耕社会，立冬也是一个很重要的节日。人们在立冬这一天是要休息的，晒晒冬阳，全家人一起包饺子，是辛劳了一年之后的一次放松以及对自己的犒赏。立冬进补，开春打虎。古人写立冬的诗词歌赋不少，但其中最著名的，还是李白所写的《立冬》。“冻笔新诗懒写，寒炉美酒时温。醉看墨花月白，恍疑雪满前村。”在诗仙李白的眼中，立冬是一个充满着温情与快意的日子。

立冬了，收藏的时候到了。适合读书，想想心事，发发呆，随手写点笔记，存起来，慢慢读，拥有一段平和、悠闲的日子和内心的安宁，多么美妙。

日常

芝合糖，冬季你一定要吃它

这块糖，“黑”了我一整个小时候。

芝麻片是冬日的小食。亲切而悠长的吆喝，夕阳下的芝麻片担子，簇拥在周围的大小食客。味觉引发的温暖回忆，挥不去又化不开。那芝麻香，是冬日中最温暖的味道。

小娃儿的嘴总是记性最好，到了芝麻当季，心里便翻起芝麻片儿的香气。

在金泽，在农妇厨房里，小小的不起眼的芝麻，零星的几粒花生核桃仁，加入最为普通的饴糖，经过奶奶妈妈们的巧手，每次出炉都会引得小伙伴们一窝蜂地围

上前，馋得心痒难耐。

长大后离开古镇多年，芝麻片吃过不下十种，却始终没有记忆中小时候的味道。

关于古镇的记忆

狭窄的街巷，青石板铺就的路，枕水而居的房屋，朴素的青花布衣，绵绵的吴侬软语……这是记录我童年的地方啊。多年以后，依然在脑海里印象深刻。

小时候最爱的是穿梭在弄堂，馋各家的小食。每个时节，古镇里缭绕着属于那个节气的小食味道，秋天的青豆，立冬后的芝麻糖，冬至的米糕……这是孩童时代最念想的馋。如今，取而代之的是琳琅满目的标准化零食，连古镇坚持正宗口味手作的人也越来越少。

时光倏忽，又是冬日，芝麻片儿情结萦绕不去，古镇的记忆鲜活起来。

说起古镇的芝麻糖，我们小时候叫它芝麻片儿，也叫芝合糖。芝合糖大约是更为文雅的人叫的，整日在弄堂里调皮嬉闹的我们，更熟悉的是芝麻片儿。“又香又脆的芝麻片唷，现做芝麻片……”儿时，一听见芝麻片的叫卖声，我就会坐不住，似乎那带着甜味儿的芝麻香，透过几道门缝，钻到鼻子里来了。

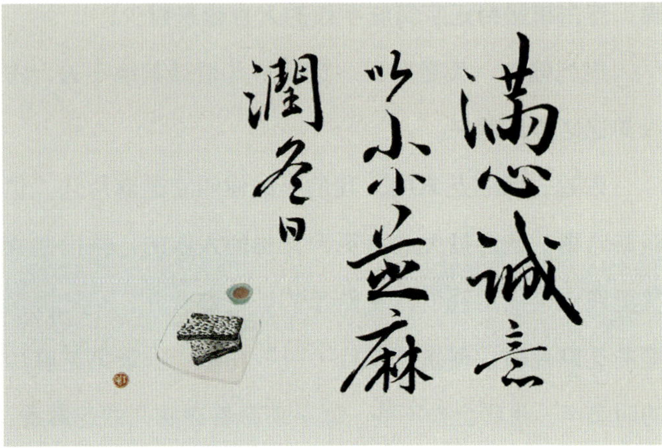

从我记事起，每年立冬后，便天天缠着大人去金泽古镇吃芝麻片。哪年不成行，便会郁闷许久。儿时去金泽古镇吃芝麻片倒也成了一件颇具仪式感的事。

还原旧时芝麻片

现在我也有了自己的孩子，对去古镇吃芝麻片这件颇有仪式感的事还是念念不忘。于是，在父亲的带领下，我携着儿子又来到了金泽。儿时的邻家阿姨，就居住在这个千年古镇上，阿姨的手艺曾经远近闻名，虽然已经许久没做芝麻片，但听了我们的心思，阿姨竟有些迫不及待起来。

老街一如既往的安静，正像我儿时的光景。那时，老人倚在门槛边上慢慢地转着腿上的簸箕，小心翼翼地挑拣着一颗颗的芝麻。这光景在记忆中缭绕许久，和着芝麻香，是这冬日中温暖的味道。

现在，我和儿子一起又重新经历了这个过程。

父亲领着我，我领着儿子，三代人的芝麻片寻味记。

我们用的油芝麻个小皮薄，比起市面上常见的糠芝麻，它的油脂含量更高，香味更加浓郁。

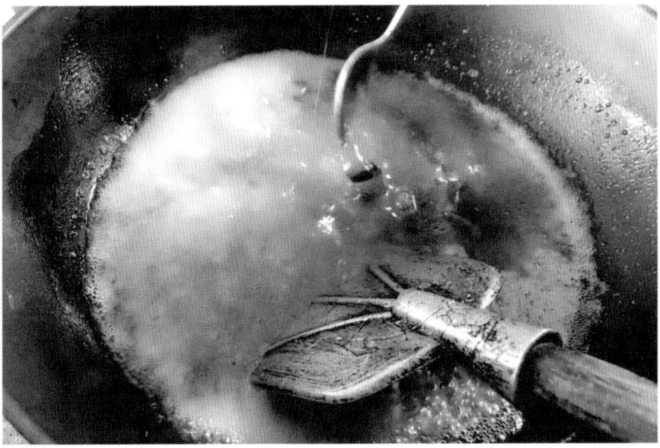

芝麻先在筐里细细挑选，把坏的差的都剔除。然后用白纱布包着，反复清水沥洗，再端到阳光下自然晾干。

选择大核桃（或花生）一起大火快速翻炒，炒到用手轻轻一捻，芝麻的肉在手心里爆开。噼噼啪啪。

这时，熟芝麻就真正沉淀下来了。一揭盖，还没见着泛着温厚油光的黝黑色，那股特有的焦香就先扑鼻而来。如果等不及了，空口来上一把熟芝麻，热而香，没有任何碎渣。

芝麻片儿的制作秘诀，全在这炒芝麻的功夫。即使阿姨有几十年的经验，每每炒芝麻也不敢掉以轻心。炒过了，芝麻干瘪多渣；炒不够，透着生芝麻味儿。

懂行的人都知道，做芝麻片儿，熬糖的功力也很重要。

麦芽糖一定要用大米麦芽糖。一丝清甜，不浓不淡，不寡不腻。既不会抢了芝麻的原香，又能微微掩饰芝麻天生的苦味。

在麦芽糖加热到适当黏稠度后，倒入炒好的核桃芝麻迅速搅拌，直至均匀结合在一起。倒入模具，趁还未凉时用大号擀面杖滚成长方体。

待模具中的芝麻糖块凉至一定温度后倒出，在还未冷却前，飞快地切片。如果温度过凉，芝麻片容易破碎。这一整块就作废了。

至于凉到何种程度开始切，什么时候又该切完，全在老阿姨的经验里。

这些复杂的制作过程，还不是最磨人的。由于完全手工制作，费时费力地炒制 4 个小时，仅能产出 2~3 斤芝麻片。并且只可以在阳光暖暖的晴天制作，如果是阴雨天，芝麻片就没了这份入口的酥脆。

时间永远是好食物最不可多得的秘方。老祖宗告诉我们，耐心是获得好食物必不可少的途径，少不了一点火候，也缺不得一个步骤。

闲时或是下午茶，取几片，配着茶或者咖啡，能把这平凡食物变得惊艳无比。芝麻和饴糖，就是古镇慢悠悠的旧光阴。

民间常说，一粒芝麻润泽发肤肌体。芝麻虽小，本事却大。这往后越发干燥的冬日，与这滋润小物相伴，也是讨好脾胃的美事。

小雪

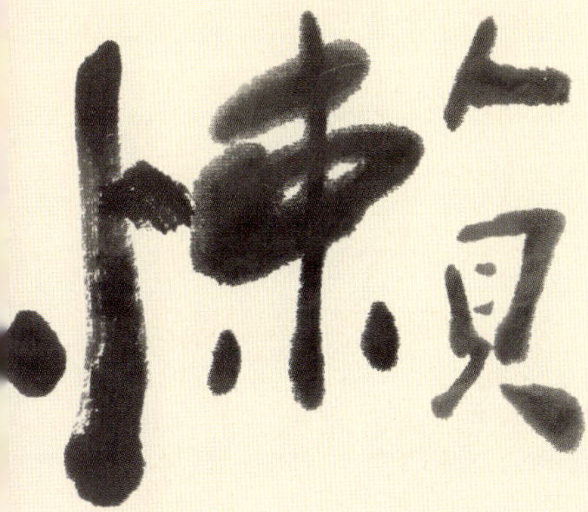

小雪宜闲

小雪，是二十四节气中的第二十个。《月令七十二候集解》曰：“十月中，雨下而为寒气所薄，故凝而为雪。小者未盛之辞。”《群芳谱》中说：“小雪气寒而将雪矣，地寒未甚而雪未大也。”“小雪”是反映天气现象的节令，节气中的“小雪”与天气的小雪无必然联系，它代表的是“小雪”节气期间的气候特征，而天气预报中的“小雪”则是指降雪强度较小的雪。这期间，彩虹不会出现了，万物失去生机，天地闭塞而将进入严寒的季节。“小雪”的到来，意味着冬季的降雪即将拉开大幕。

汉代董仲舒《春秋繁露·阴阳出入上下》：“小雪而物咸成，大寒而物毕藏。”南唐徐铉留下了“寂寥小雪闲中过”的诗句。古人笔下的小雪总有些寂寥中的悠闲，很喜欢这个闲字，是闲空儿下与正事无关的一种状态。把精力花在要紧关键处，也不必去算计，舒舒服服地闲着，质真而素朴，悠闲而不躁。

小雪，宜闲。偷得浮生半日闲，愿你在小雪之际不急不忙，保有一种憨憨的、懒懒的、笃定的安稳。在这纷扰的世事中，偷来的片刻闲懒是福气，小雪安好。

順其自然

有一个标准，自己有没有变成一个更可爱的人。

寒冷未深，雪亦不大。全球唯一圈养棕色大熊猫“七仔”。

大雪

大雪

请用雪来款待我

百花凋零，地面积雪。

大雪，是第二十一个节气。大雪，斗指癸，太阳走到了射手座。大雪和小雪、雨水、谷雨等节气一样，都是与降水相关的节气。《月令七十二候集解》说：“大雪，十一月节。大者，盛也。至此而雪盛矣。”“大雪”时天气更冷了，少云的清晨和无云的夜间出现了雾，又在午前消散，午后的阳光短暂，而又格外温暖。

诗人策兰曾说：“你可以充满信心地，用雪来款待我。”或许是因为大雪时节的景象太美，银白笼罩大地，天地连成一线。人们得以暂时告别惯常日子的平淡与因循，与雪好好亲近。

而对于生活在上海这个城市的我们来说，雪天更是难得，值得我们好好期待。一旦下雪，不仅小孩高兴，大人也很开心，和孩子一起堆个小雪人，平凡的日子有了节日的味道。

在大雪天里，愿你找到属于你的好兴致。

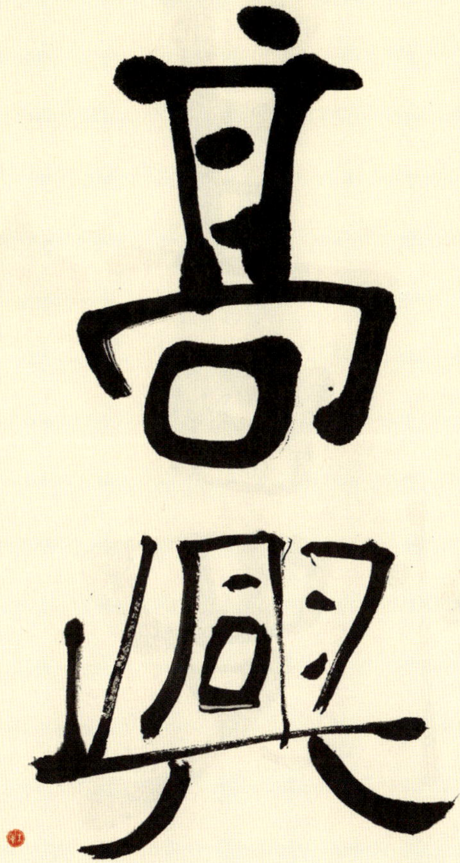

不必活得那么紧张匆忙，只为自己高兴而好好做成一件事，大步向前走。

冬天于我们，也可以是成全的关系。漫漫冬日不等闲，趁着外面的世界正安静，一件一件事情，做起来。

有句俗语说：“小雪腌菜，大雪腌肉。”这个时节家家户户忙着腌制腊肉，反复地揉搓、蒸煮……仿佛有了肉，就有了过冬的十足劲头。分享一些我们腌制萝卜和腊肉的图片，祝你高兴。

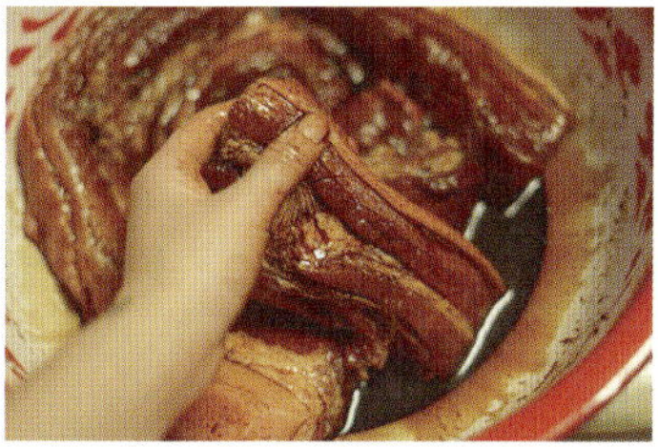

冬至

祝你甜

冬至是第二十二个节气，古有“日短”或“日短至”之称，又名冬节、大冬、亚岁等，兼具自然与人文两大内涵，是二十四节气中一个重要的节气，也是中国民间的传统大节日。《汉书》中说：“冬至阳气起，君道长，故贺。”冬至，是太阳南行的极致，这天北半球的太阳高度最小。过了冬至，白昼一天比一天长，阳气回升，是一个节气循环的开始，也是一个吉日，应该庆贺。

那些被认真对待了的时间，留下来，是甜蜜的、美好的，让自己尝到了甜。

冬至过后，夜晚还是比白天长，北斗星会出现在夜空的东北方，天上的星星也都格外明亮。期待着春天，但是冬日也很好。冬至大如年，祝你甜。

冬至大如年

冬至那天，阴气达到极致，黑夜最长；阳气凝聚开始生发，万物充实于内准备迎春。冬至大如年，在古代，这是一个仅次于除夕的节日。

在南方的习俗里，冬至和清明节同样重要，都要祭奠亡灵。它和除夕、清明、七月半一起，共同构筑了一年里人们追思故人的“四节”。

一起来数九呀

古人从冬至（或说是冬至后第一个壬日）开始“数九”，数着日子盼望春天的到来，也就有了贴绘“九九消寒图”的习俗。消寒图是一种很有传统特色的、好看的日历，是冬日里的游戏、日记，也是古人迎春的一种生活方式。

大约在元代，就有画梅消寒的习俗，在纸上画素梅一枝，花九朵，每朵九瓣，从冬至日起，每日染红一瓣，花涂满则寒消。

这样八十一天的记录，是一个生动的、具体的生活绘本，表达了人们对冬尽春来的期待。但其实，冬天也一样可爱啊，有正冒着热气的关东煮，火锅里滚烫滚烫的小丸子，还有厚厚的毛绒睡衣和暖暖的热乎乎的被窝，这些同样值得我们用心去体会，值得我们用心去记录。你呢，冬日里，有哪些最难忘的瞬间呢？

安暖相伴，向光虔行。最冷的日子，春生夏长，秋收冬藏，期待萌发与生长。暖春之前，要好好保重。祝你安暖。

小寒

有安有暖

小寒是旧历年倒数第二个节气，也是公历新年第一个节气。与大寒、小暑、大暑及处暑一样，都是表示气温冷暖变化的节气。小寒大寒，冷成冰团。

从字面上理解，大寒冷于小寒，但在气象记录中，小寒却比大寒冷，可以说是全年二十四节气中最冷的节气。

另一方面，自小寒开始，自然界的正能量正式开始逆袭了。最冷的时节，却因为阳气初生，一改冬至前的冷寂。生命气息暗涌，鸟类已开始行动：小寒之日雁北乡，又五日鹊始巢，又五日雉始雊。人们也很忙碌，家家户户忙着腌腊肉，灌香肠，熏鸡挂鹅，年味渐浓。

古人最美的等候

古人称最美的等候是风有信，花不误——二十四番花信风。花信风，应花期而来的风，所以叫信风。挑选一种开花日期最准确的花为代表，叫作这一节气中的花信风。

小寒虽然寒冷，可小寒的到来却让我们听到春的脚步声。中国传统的二十四番花信风，便是从这一天开始。自小寒至谷雨，共八个节气，二十四番花信风。一气三候，每候五天，八气共二十四候，对应二十四种花。

二十四番花信风始梅花，终楝花。梅花初开，第一番“花信”也就开始了。这些花依序是：梅花、山茶、水仙；瑞香、兰花、山矾；迎春、樱桃、望春；菜花、杏花、李花；桃花、棣棠、蔷薇；海棠、梨花、木兰；桐花、麦花、柳花；牡丹、荼蘼、楝花。

最冷的时节开始了，给身边的人爱的抱抱，抑或围炉吃个火锅、烤个橘子吧。祝有安有暖，常在欣喜。

乔布斯有一句话：过程就是奖励。我们不急不急，一步步学，一步步品尝和体味。

腊八粥

过了腊八就是年

一闻到水仙的芬芳，就联想到春联、年夜饭、鞭炮、红蜡烛、清晨拜年，还有喜红色的新衣服。一口腊八粥，甜糯可口，热气腾腾，便知道离过年不远了。进入腊月就是年。这碗粥，确实只是年的开始，浓郁的年味还在后头。

腊八节，即农历十二月初八。古人说“腊者，接也”，是送走旧的一年，接续新的一年，寓意新旧更替。再寒冷的冬天也有尽头，再难熬的日子也有终点。四季轮转，寒冬就要过去，春天就在眼前。腊八是在迎春，为新年设一个起点，所以腊八节一定要认真过。

安暖

一碗热粥，有安有暖。

相遇的日子里，有美，是感恩。感念的话，在心底。

七宝五味腊八粥

在这一天，民间最流行的习俗就是吃腊八粥了。腊八粥也叫七宝五味粥。据《燕京岁时记·腊八粥》记载："腊八粥者，用黄米、白米、江米、小米、菱角米、栗子、红江豆、去皮枣泥等，合水煮熟，外用染红桃仁、杏仁、瓜子、花生、榛穰、松子及白糖、红糖、琐琐葡萄，以作点染。"

大米、花生、小米、莲子、红豆、绿豆、枸杞、红枣，或者也可以其他五谷代替，不同地区也只是用料稍有不同，统称为腊八粥。八方食材共煮一锅粥，寓意为"合聚万物，调和千灵"。万物被收囊中，收获总在年关。

清洗备好食材，将所有的食材倒入锅中，剩下的就是耐心等待。渐渐地，那黏稠的粥在锅里不断翻滚着，会鼓起无数的气泡，温暖芬芳的五谷之味浓浓飘来。

多种杂粮谷物、瓜果融合在一起，做成一道美味的粥，仿佛在告诉我们：人生在世，与他人和谐相处，与万物和谐相处，才是自然之道。岁末之时，与天地，与万物同享美好，共庆嘉年。

腊八前后，时令正当小寒，一碗温热的粥食是最合适不过的。喝一碗温温热热的甜粥，一勺幸福就在唇齿间。

大寒

过了大寒又立春

同心之言

“大寒年年有，不在三九在四九。”大寒是二十四节气中最后一个节气，过了大寒又立春，迎来新一年的节气轮回。

古代的人发现，这时候河上结冰，一直冻到水中央，鹰隼正是捕食能力最强的时候，也是母鸡孵小鸡的时候。春生夏长，秋收冬藏，保暖收藏之后，是毛茸茸的萌发和新生。春天，离我们还有十五天的距离。

小寒大寒，冷成一团。这个大寒的“大”字，就是终结的意思，到头的意思。民谚中有“大寒到顶端，日后天渐暖”一说。这时候，才会明白古人用字之精心，没有把最冷的日子叫大寒，而将大寒错位移到二十四节气最后。

一書一世界

歡喜

二十四节气过完，一年就算过完了，中国人最讲究的春节就要到了。过年的日子，一天接近一天，日渐热闹起来，让人充满喜悦的期待，这是大寒整个节气里的主旋律，大寒是最忙碌的。

“祭祀”，汉朝应劭《风俗通义》“腊”条交代得很清楚：“腊者，猎也，言田猎取兽，以祭祀其先祖也。或曰：腊者，接也，新故交接，故大祭以报功也。”大寒所在农历十二月被称为“腊月”，最早源头就在这里——祭祀的月份。所以，祭祀是大寒节气后古人最紧要，也必须做的事。

“食糯”，就是大寒节气这天，古人流行吃糯米制作的食物。

“做牙”，亦称“做牙祭”，原本是祭祀土地公公的仪式，俗称的美餐一顿为“打牙祭”即由此而来。做牙有“头牙”和“尾牙”的讲究，头牙在农历的二月二，尾牙则在腊月十六，全家坐一起“食尾牙”。

“除尘”，又称“除陈”“打尘”，就是大扫除。“家家刷墙，扫除不祥”，把穷运扫除掉；反之，“腊月不除尘，来年招瘟神”。除尘一般放在腊月二十三、二十四进行，即“祭灶”日，除尘时要忌言语，讲究“闷声发财”。

“糊窗”，就是用新纸裱糊窗户，“糊窗户，换吉祥”。为了美观，有的人家会剪一些吉祥图案贴在窗户上，故又称“贴窗花”，一般放在腊月二十五进行。

“蒸供”，就是准备祭祀用的供品，过去供奉用的糕点、饽饽、馒头都是用面蒸制的。

“赶集”，即传统的赶年集，购买腊祭用品，置办年货。

“洗浴”，与“除尘”有相同用意，搞好个人卫生，寓意洗去一年烦恼和晦气。所以年底再忙也得理个发、洗个澡，即老话所说的“有钱没钱，洗澡过年”。

大寒至，春节也就要到了，人们怀着美好的祝福与期盼忙碌着，兴奋着。大寒吉祥。

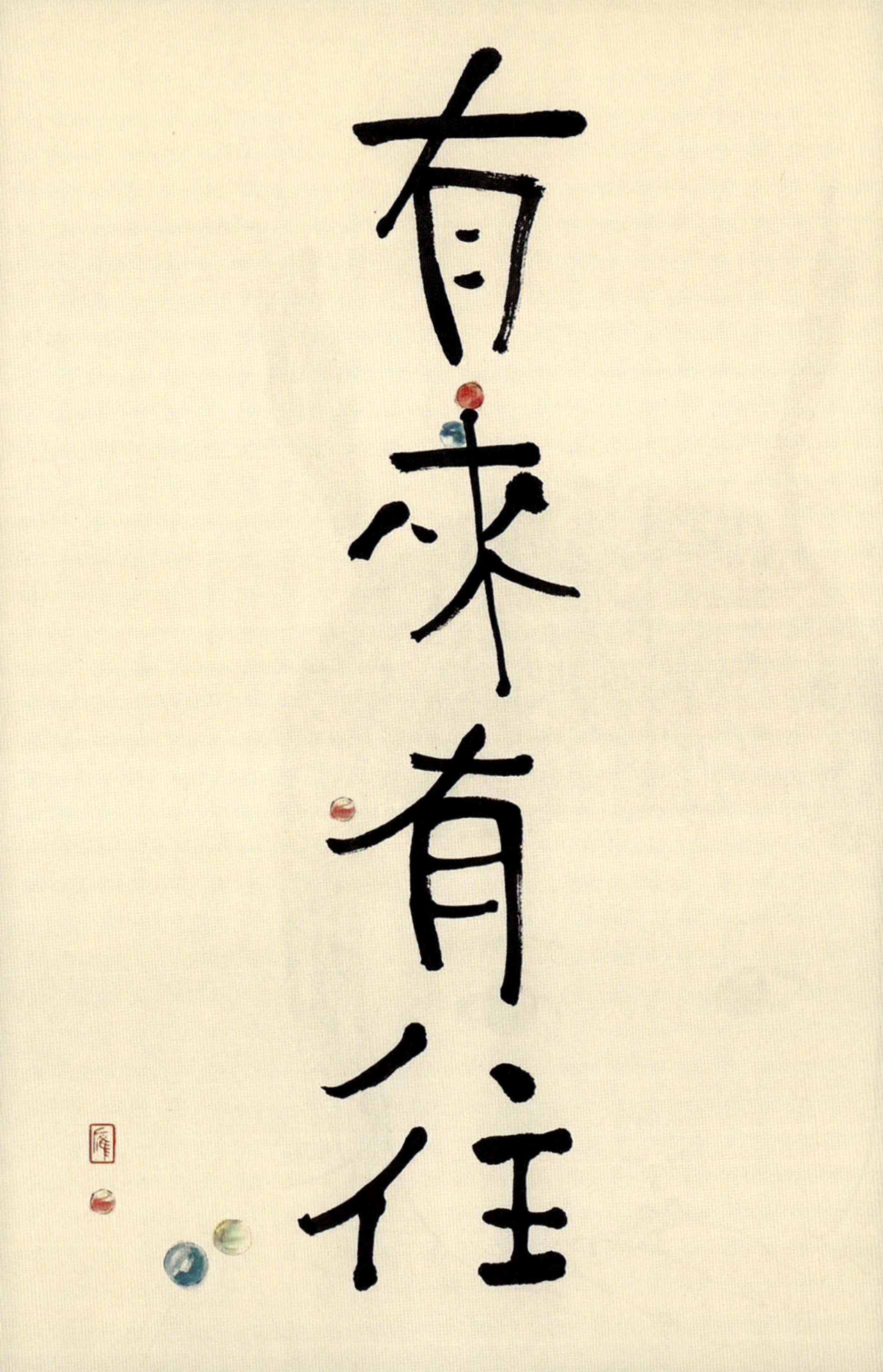
有來有往

古法饴糖

童年记忆中，家乡的幽幽深巷除了印刻着孩子们撒欢儿奔跑的足音，还总是飘出这样那样诱人的叫卖声。这些声音有的极风雅，比如清明卖杏花、夏日卖栀子；有的则全然包裹着市井烟火与地气：“换麦糖了，换麦糖了……”卖货郎挑着扁担，边走边叮叮当当地敲着小锤，扁担上一个筐摆放着小货柜，另一个筐放一个簸箕，簸箕里就是小孩子的最爱——麦芽糖。

每次卖货郎一来，孩子们总会把他围得水泄不通。当年小个子的我甚至挤不进去，总担心麦芽糖都换完了，轮到自己就只有看别人吃的份儿了，所以就会跟“死党”

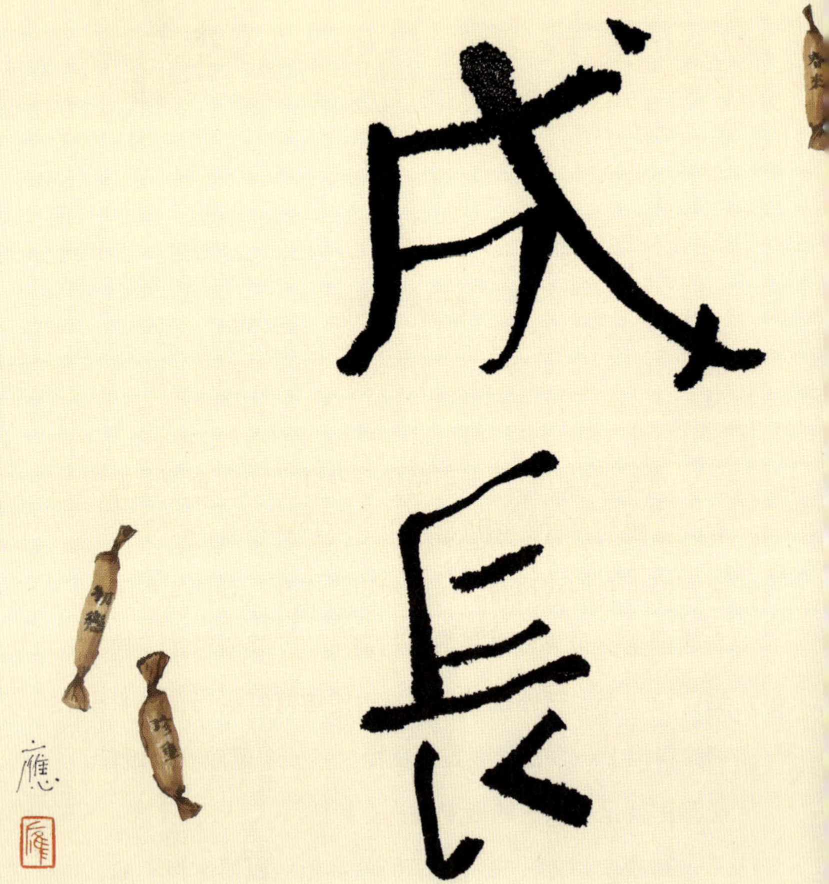
成長

密切配合，他排队，我跑回家拿换糖的旧物件。妈妈担心我们吃亏，也会出来盯着货郎，好让他多捶一点糖给我和小伙伴。

终于换到麦芽糖了！我们一人一块迫不及待地吃了起来，嘴边、手上，吃得这儿那儿都是，简直变成了两只花脸猫。而妈妈也会宠溺地对我们说："慢点儿慢点儿，哪有人跟你们抢啦？……"

而今，货郎的吆喝声、小锤的叮当声，都已难觅

踪迹，但麦芽糖的香甜，却与小伙伴的情谊、妈妈的软语一道，成了从来都不用特意想起但又永远都不会忘记的暖暖回忆。

小时候只晓得麦芽糖好吃，却完全不知这种看似普普通通的民间小食竟有着药食同源的功效。它性温味甘，能润肺止咳、补脾益气、开胃除烦、通便秘，可以说是对五脏均有滋养。麦芽的功效在《本草纲目》就有记载："能消导米面诸果食积，但有积者能消化。"张仲景《伤寒论》里的小建中汤需要用到"饴糖"，也就是麦芽糖。用西方医学与营养学的眼光来看，麦芽糖营养价值极高，在各种糖类物质中有着难得的抗龋齿性，可谓美味与补益兼得。

可是，这样一种自殷商时期就在中国大地上生产，在《诗经·大雅·绵》中留下过"周原膴膴，堇荼如饴"美誉的糖品，为什么在当代生活中离我们越来越远？究其原因，古法熬糖工艺过于复杂，成本又高，因此使用古法制糖的作坊越来越少……

所幸我们寻觅到了古法饴糖的制作方法，可以将儿时麦芽糖的滋味不打折扣地还原。

好糖，离不开好的原料。这一次，我们将严选胚芽米的目光投向皖南农村，这里的稻田采用传统农耕，用牛耕田，手工栽秧。稻米的生态特色在于稻鸭共作。稻田里二十四小时放养野鸭，由鸭子给稻田除草、捉虫，游动时不停划水让水变浑，鸭粪还可以肥田。这样一来，稻田不用打除草剂，不施农药，不使用复合肥，纯自然种养出的大米，是一日三餐可以完全放心的无添加米。收获后的稻鸭米采用专用的碾米机，根据需要随时碾出糙米、胚芽米和白米，不长时间存放、不抛光、不过度加工，从而保证大米的营养牢牢保存在胚芽内，不流失，更健康。

麦芽糖的制作过程繁复且辛苦，全程柴火，全程手工，这是不动摇的要求，唯其如此，才能将古法精髓不走样地保留到成品中。胚芽米入锅，点火，仔细把握每一道工序的火候和温度，不急不躁慢慢熬。这是最考验耐心和技艺的环节，火候大了，会把汁熬老；火小了，汁又会太稀，最后导致不好成形。等到锅里的糖水咕嘟咕嘟冒出泡泡，浓郁的香味也就散发开来。香味越盛，锅里的糖也就越见黏稠，冷却后凝固成棕黄色的糖块，尝一口，口感细腻，又甜又有嚼头。

这，就是江南的年味儿，不同于北地的大雪、热炕、玉米棒子辣椒干……江南的年味儿是温晴的天气、吹面不寒的风、草尖上薄薄的雪，火盆边煨着橘子读四言诗，阳光把后背晒得暖洋洋的，齿颊间全是古法饴糖的甜蜜。一年到了这个时候，更应多留时间给自己与家人，分享这满载记忆的糖果，共话乡愁与浓得化不开的人情，细嚼尽日留甘香。

八宝饭

在江南人记忆里，八宝饭是除夕年夜饭必上的甜点，蕴含难忘的童年味道，它是桌上老人追忆往事的开题，是饭后亲朋温情夜谈的素材。八宝饭是纽带，承载吉意，祈愿来年福禄圆满及阖家康乐。

所谓“八宝”，传统指糯米、豆沙、红枣、莲子、桂圆肉、蜜冬瓜条、蜜樱桃、桂花糖等。先蒸制成坯，再加白糖、猪油散烩而成，素有“浅盏小勺细品尝，离席数时回味长”的美誉。

豆　沙

八宝饭少不了红豆沙，要手工熬制。高压锅煮熟豆，筛网配钢盆，去豆壳，留豆沙。棉布袋装豆沙，挤压、悬挂静置去水。最后在铁锅里，豆沙混合红糖、白糖、猪油并炒。豆沙量多，炒制时抡勺子费力，但丝毫不可怠慢，稍慢底层豆沙就粘锅，是体力活，更是精细活。

糯　米

市面上八宝饭品类虽多，大多未能把握八宝饭的关键：糯米饭需软硬宜口，黏干得宜，有嚼劲有回味。

上海八宝饭讲究温和润口，味道鲜洁。猪油生香，拌糯米豆沙，制作时一层糯米一层豆沙交替铺陈。蒸熟后糯米晶莹透亮，豆沙升华米的淳朴口感，在舌尖释放糯、弹、绵、甜交织之感。

每份八宝饭，都是手工精心制作，熬猪油、煮红豆、沥豆沙、炒豆沙，这份匠心就是我们寻十二食最大、最真实的理由。

这些细节里的美好，时常让我特别高兴。每一个当下，弥足珍贵，一路上每一步，饱满真实。希望这些美好的时光，会成为你的礼物，再成为你的日常。享受日深，感激日笃，平安顺遂。

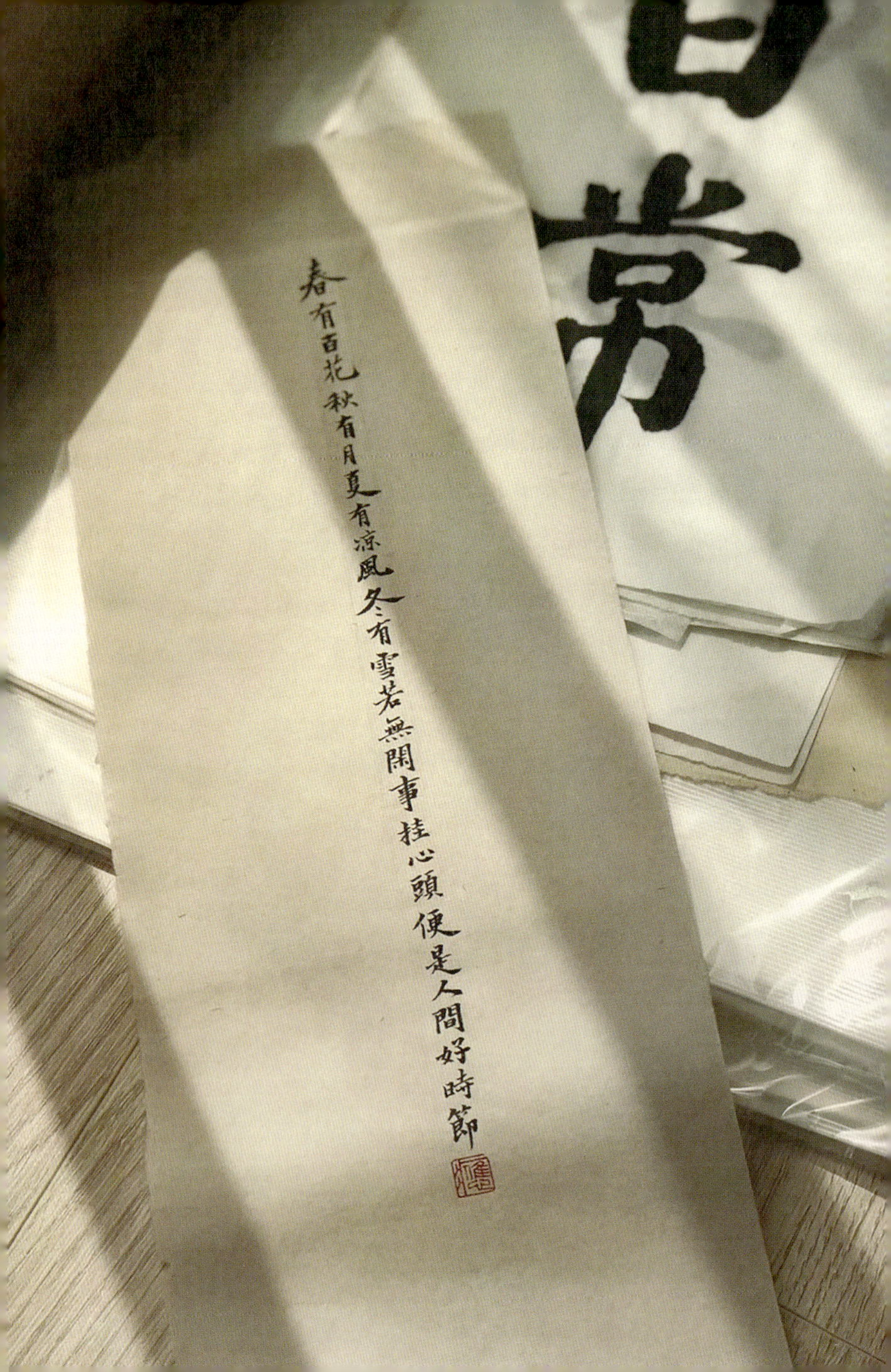

常
春有百花秋有月夏有凉風冬有雪若無閑事挂心頭便是人間好時節

附录

你好，二十四节气！

中国的“第五大发明”

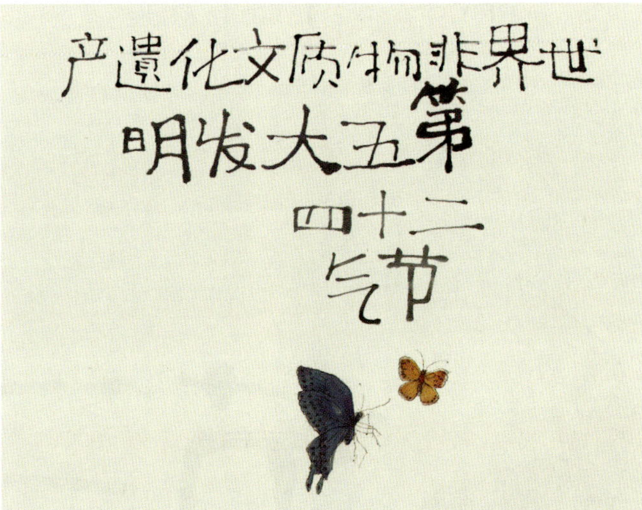

2016 年 11 月 30 日，二十四节气被正式列入联合国教科文组织人类非物质文化遗产代表作名录。在国际气象界，二十四节气被誉为“中国的第五大发明”。

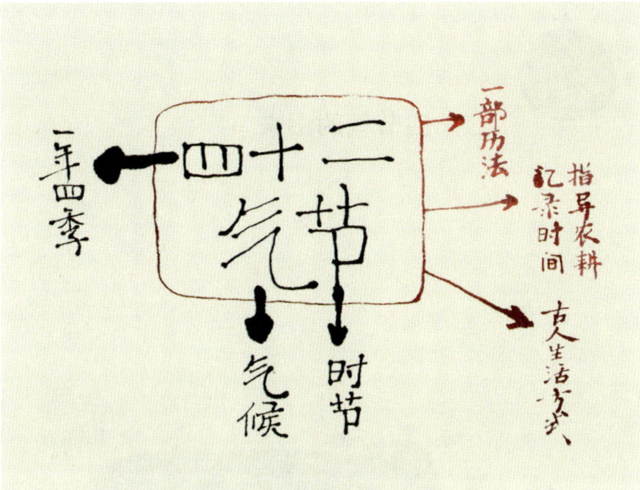

二十四节气是根据太阳与地球的位置变化，还有地面气候的演变次序总结出来的，用以表示一年四季天气变化与农业生产之间的关系。

狭义的二十四节气就是古人按照太阳规律总结归纳出来的二十四个时间节点，用于记录时间和指导农耕。

但广义的二十四节气应该是涵盖物候、农谚、时令节日习俗在内的一个体系，反映着我们农业国家的生活方式。

二十四节气的由来

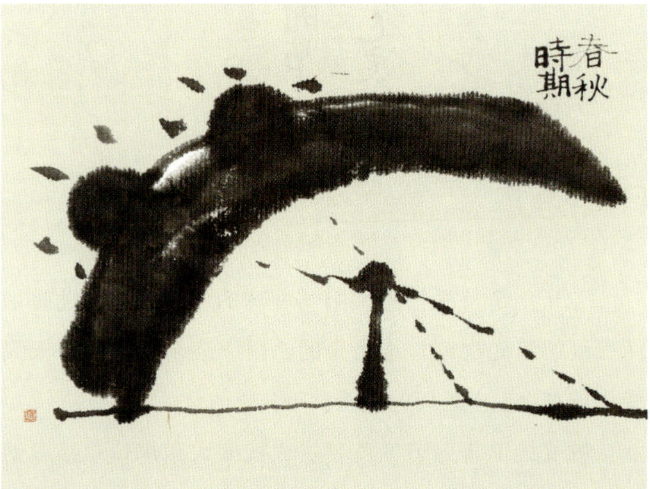

春秋时期，《尚书》对节气已有所记述。大约在公元前 600 年左右，古人通过观测日影的长度，发现了日影最长的一天和日影最短的一天，也就是冬至和夏至。

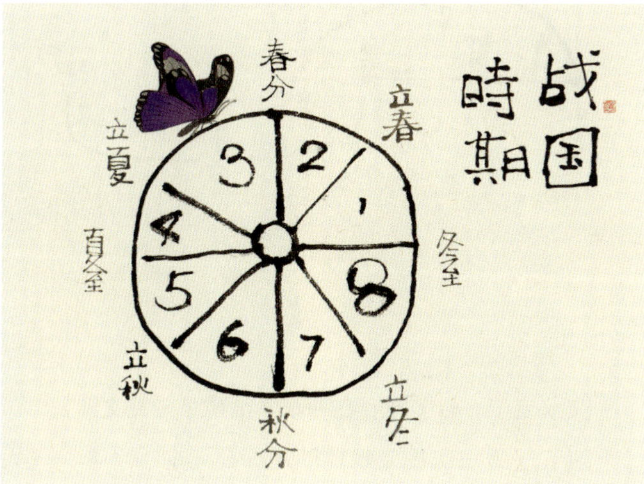

战国后期成书的《吕氏春秋》，已有了“立春”“春分”“立夏”“夏至”“立秋”“秋分”“立冬”“冬至”这八个节气名称。

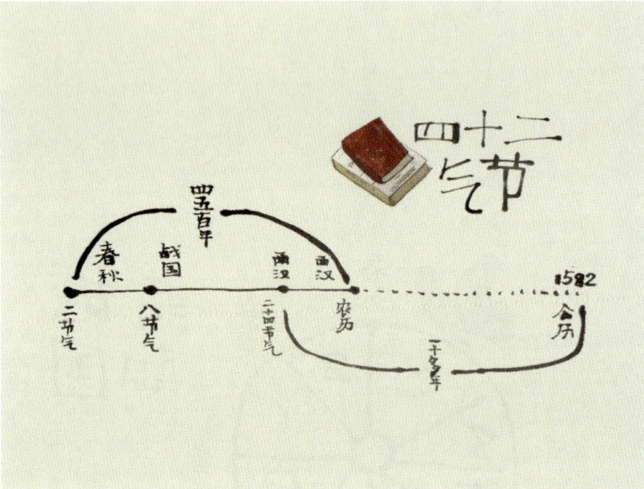

又演变了一百多年，在西汉《淮南子・天文训》中，二十四节气第一次被完整地陈述。公元前 104 年，《太初历》正式将二十四节气加入历法，成为农历的一部分。

二十四节气与历法

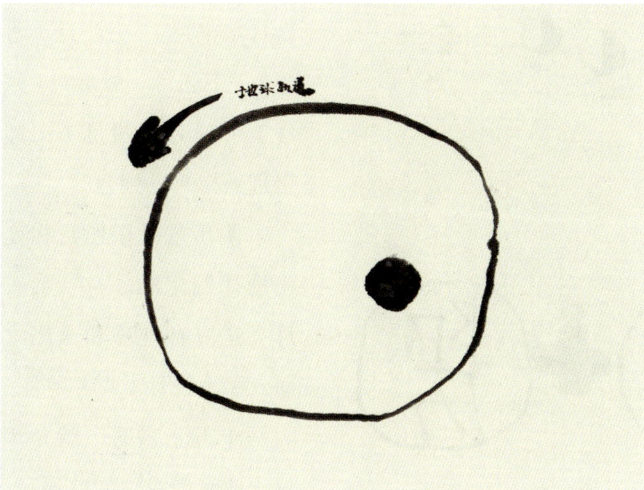

二十四节气，是表示季节变迁的 24 个特定节令，根据太阳和地球的相对位置变化而制定，所以，对应的是阳历。

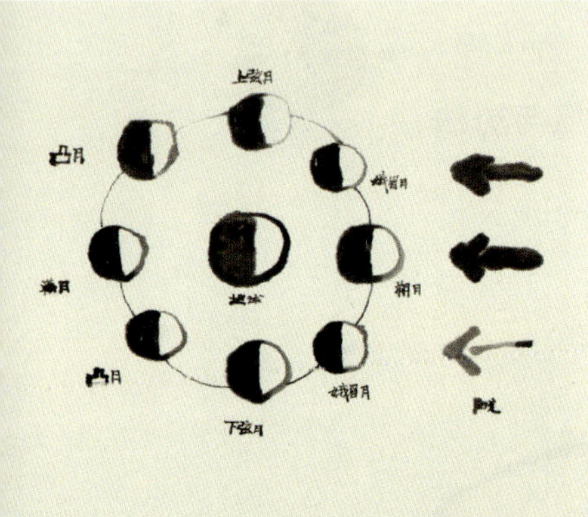

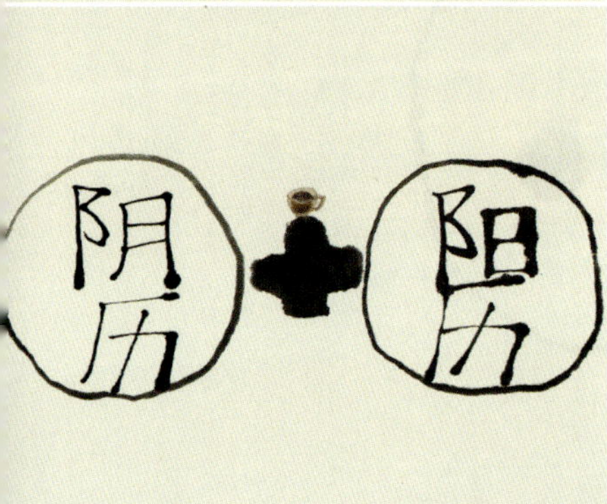

在北半球，按照阴历，从初一到月末，月相依次是新月（朔月）—蛾眉月—上弦月—凸月（盈凸）—满月（望月）—凸月（亏凸）—下弦月—蛾眉月（残月）—新月（朔月），即朔月—望月—朔月。

阴历就是依照月相变化规律制定的。月初时，月亮正好在地球和太阳之间，称为新月，或者朔月；阴历十五十六时，就是满月，或者望月，如此循环。

我们现在使用的农历以阴历为基础，吸收了节气成分作为历法补充，并通过“置闰法”的调整使其符合回归年，形成了阴阳合历。

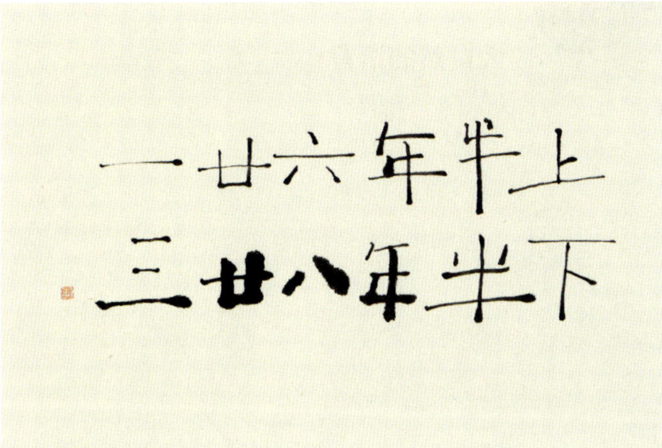

古人对二十四节气的表述使用的是农历，因而有“芒种，五月节”“立秋，七月节”等说法，这里的五月、七月都是农历。

阳历通行世界后，二十四节气的时间也更多地用阳历来表示，因而有了“上半年六廿一，下半年八廿三”这些口诀。指的是二十四节气的时间，上半年一般在6日、21日，下半年一般在8日、23日，最多有一两天的时间差距。

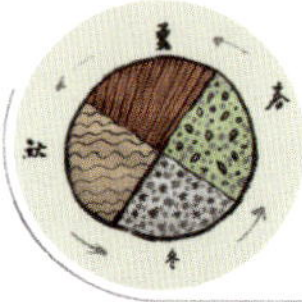

大自然的语言

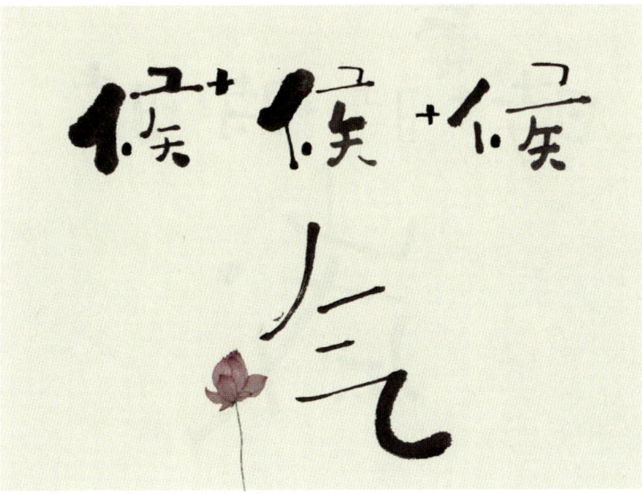

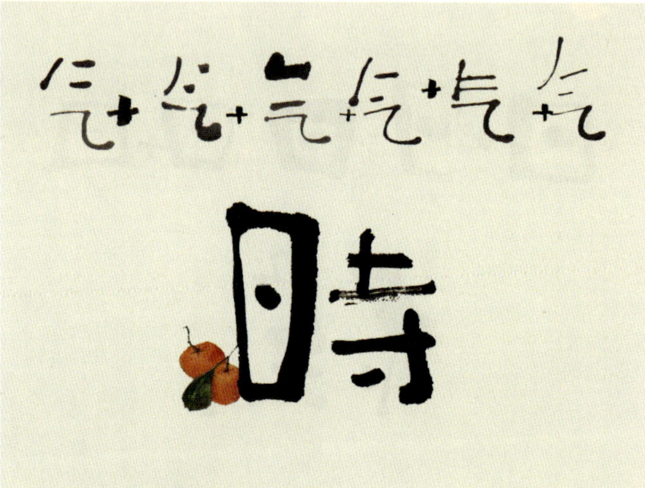
時

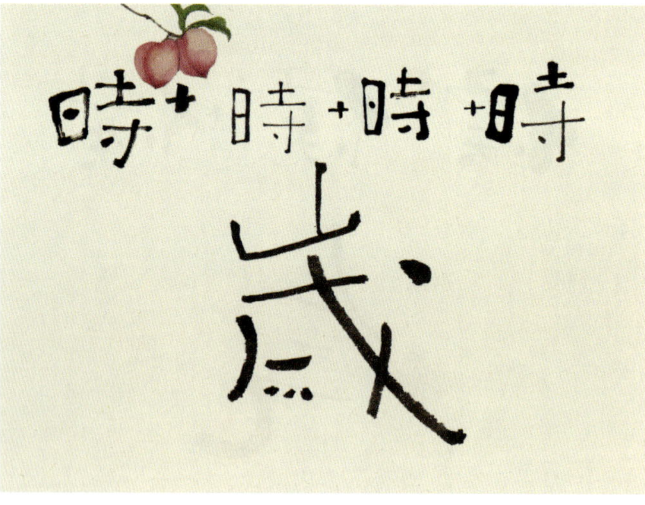
歲

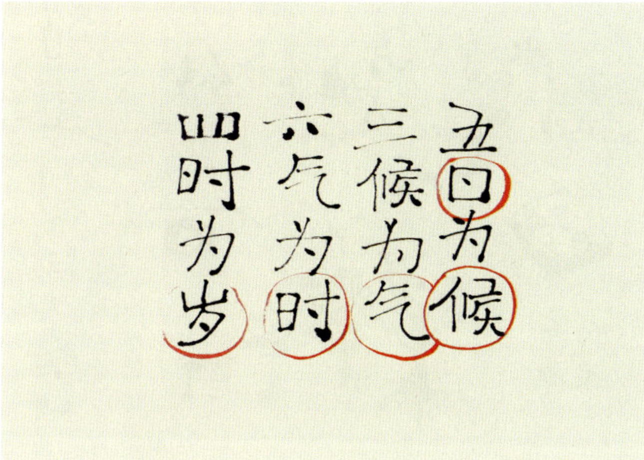

我国古代历法中，对时间单位有这样的描述：五日为候，三候为气；六气为时，四时为岁。每岁二十四节气，七十二候应。气候一词就是从这里来的。

候是自然界物候产生变化的基本时间单位，古人定五天为一候。

气就是我们现在所说的节气，每个节气长度为十五天（左右）。

时是一个季节，常说的四时流转就是指四季的变化。

岁就是指一年。

物候就是大自然的语言，植物发芽、开花、结实，昆虫鸟兽冬眠、迁徙，霜冻、雷电雨雪等天气现象依次流转，这些节律现象与季节气候之间的联系，被古人观察并记载下来，成为最早的物候资料，反映在二十四节气之中。

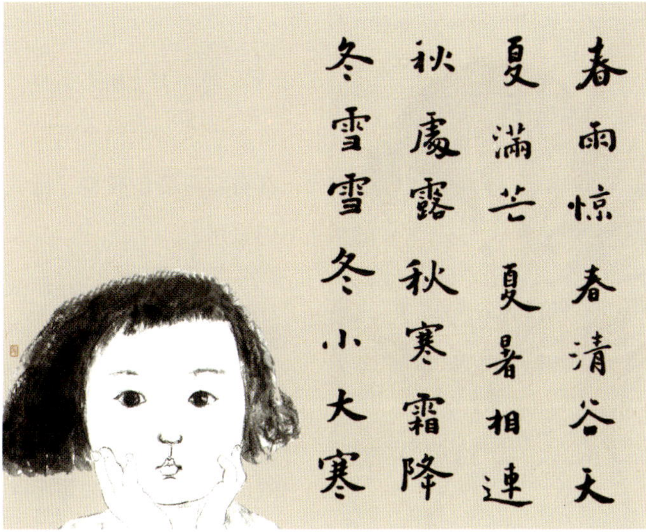

二十四节气歌

春雨惊春清谷天，夏满芒夏暑相连。

秋处露秋寒霜降，冬雪雪冬小大寒。

每月两节不变更，最多相差一两天。

上半年来六廿一，下半年是八廿三。

每个月，两个节气，每一年，二十四个节气，都有它可爱的模样，待我们亲历。

每个季节，用景或物或习俗，让我们见古人的惬意欢喜，滋养我们当下的生活。即便在繁杂吵闹的环境里，也会暂忘了忧愁。

祝福大家只生欢喜不生愁。

美物抵心（代跋）

徐明松

庚子年的春节里，窗外的街，静谧而寂寥。坐在沙发里，悠悠地读着那本赤木明登的《美物抵心》，文字极素朴，连篇名都那样淡淡的，没有矫饰的味道：今天一起吃饭吧 / 外表平平却有内涵，我想做这样的东西 / 看不见却感觉到的东西 / 安静的午后 / 亲爱的丝线……从可口的美食，到柔和温暖的织物，还有似乎越过千百年烟尘而来的拙朴的陶器，一切都是日常之物，在娓娓道来的文字里，在氤氲洇化的图像里，感受着“美物抵心”的那份心灵的脉动。稍有可惜的是，读书的意象总会有些许间离和隔膜，况且那些故事远在东瀛的那一边。

昨日，小友朱应发来她的书画作品和文字，多是她关于二十四节气的书画小品和她孜孜矻矻做着节气小食的心情叙事：立春的名糕、清明的春团、寒露的青豆、立冬的芝麻糖等，她都细细将它们一一还原。她还将小诗、字、词、书法和画融进了她亲手设计的小食的包装里，那么妥帖，那么婉约。她说这些书画作品和文字将结集为一本小书《小食里的光阴：二十四节气之美》。

前些年，也读过台湾建筑师姚仁喜的太太任祥的书，《传家》。厚厚四本《春》《夏》《秋》《冬》，记得亦是以岁时节庆开篇的。委实讲来，中国人的二十四节气贯穿及今，可以回溯得太久远。据说公元前 206 年到公元前 9 年的西汉年间有一部巨著——《淮南子》，其中的《时则训》已记载了二十四节气的名称和顺序，沿用至今，它已然是中国人生活节律乃至生命经验的一部指南，天人合一之道，皆存于其中。如此丰赡、如此绵远的典籍，一个江南女子以归于日常的平和去诠解和演绎，不激不厉。而且，她分明就在我们的身边，带着熟稔的意味，或然又是一份陌生的气息，实在是有一种蓦然回首，那人却在灯火阑珊处的亲和。朱应坚定地认为，她是一种有态度的传承。她真诚寻觅节气里美好的物事，用生活家美学态度的再造，传递着悠悠的书卷气。这或许就是美物抵心、诗书传家的真意吧。抑或当年丰子恺所谓的人生艺术化就是她的精神冥想。

我并不想把这样的印象说得很玄奥。诚然，中国人将美与生活融为一体的思想其来有自。清代李渔的《闲情偶寄》就是一部养生经典，纵论了戏曲、歌舞、服饰、修容、园林、建筑、花卉、器玩、颐养之外，还专论饮食一章。晚明张岱更是一俗趣广泛的生活家，他好鲜衣、好美食、好骏马、好华灯、好烟火、好梨园、好鼓吹、好古董云云之什。他的《陶庵梦忆》描述了明代江南地区的社会生活，题材涉及民俗风味、奇人异事、风景名胜、茶楼舞榭等，其中用了不少篇幅记述自家的饮食生活和美食。张岱喜好自然，抒发人生情趣时，文字表现出自然淳朴的力量。同样，远自宋代李公麟《西园雅集》里，所绘园林胜景之域，宾主风雅，或看书，或写诗，或作画，或说经，或题石，或拨阮，极宴游之乐。米芾曾记有云：水石潺湲，风竹相吞，炉烟方袅，草木自馨。人间清旷之乐，不过如此。嗟乎，汹涌于名利之域而不知退者，岂易得此哉？出离世间喧嚣功利，文人唱酬，吟诗作画，煮茶抚琴，各得其所。这些都是古人的生活美学，时序更替，沧海桑田，如何赓续？

我在朱应的这些书画作品和文字中欣喜地看到了一种承传。其实，朱应的作为非常朴素，将美好的事物归于日常。这是她对当下社会现实的一种因应。今天，一个消费主义泛滥的时代，网络世界的虚拟的社群关系让人与人、人与自然以及人与物之间那种微妙而生动的关系不断流失。我们伤逝了时间连绵不绝的秩序和美感，我们也无以分享那种贯彻于自我与他人从身体到灵魂的生命经验。前文提及的《美物抵心》的护封上有一句话：究竟什么是美物？我们为什么一直做下去？赤木明登这样回答：“无论是对人还是对物，如果能维系一种舒心自在的关系，自然而然地就能从中生出美来。”在我看来，朱应有意无意间通过自己的日常修为和美学理念建构一种“过日脚”的秩序，不惊不咋，她依托的还是老祖宗的二十四节气。她那些书画的养成正是由于这种日常生活的滋养。可以说，生活方式的重塑其实就是生活态度的理念显现。归于日常，让素朴的身体、素朴的灵魂以及素朴的物事之间融会贯通。朱应有一种润物细无声的坚持，在浮躁的城市里别造一种心灵的风景。默会于心，心手相契。在思想与情感的深处，我们或然看见，依然是这般执着的灵魂。这恰如古人所言的“心画”，就是用身心去接触自然。“这种态度，有人以作现象学的阐释。这是一种艺术家内心体验的心理真实，总是处在存在与虚无之间，有如王阳明所曰：尔未看此花时，此花与尔同归于寂，尔来看此花时，则此花颜色，一时明白起来。便知此花不在尔的心外。……这种如在并描绘着的基本状态，维系着我们对于真实而生动的生命世界的感受力，把握了手与心、心与物相即相融

的整体性，使我们在开启事物的同时，自己得以开启；在描绘事物的同时，世界得以描绘。”（许江《一米的守望》）

书中朱应自书的一幅“四下皆明”，有点像顿悟的偈语。中国人的生活智慧、艺术境界和哲学冥想本来就是一体的，至真、至善、至美乃是“美即生活”的一种注脚。丰子恺当年所说的“人生三层楼”：一层是物质生活，二层是精神生活，三层是灵魂（宗教）生活。子恺先生倡导“人生艺术化”，以艺术的态度对待人生，追求有情化的生命境界。朱应恰是追随先贤，也实践着她自己人生艺术化的理想。

十二小食不是精致的本身，而是融入了“有情化”的艺术态度和尊崇人与自然和谐共生的生命节律；书画小品不是游离于美物美食的形式自娱，而是你中有我我中有你，浑然一体的美感表达和心画；一字、二字、三字四字，不是空泛无物的缩略词，而是包容了中国人“从容”“平和”“自在”和“不争”的生命“欢喜”。朱应也确是在这些美物里，“把握了手与心、心与物相即相融的整体性”，“维系着我们对于真实而生动的生命世界的感受力”。她正以自己的灼灼才情和生活热情佐证着这一点。

这是个危机四伏的年节。或许肆虐的流毒厉疫正是今时的年魔，我们的古人有着镇魔驱邪的智慧。爆竹一声旧岁除，总把新桃换旧符。

这是个芳草无情的春日。然而料峭的春寒终将过去，迟迟的春阳不再遥远。

春山淡冶而如笑，夏山苍翠而欲滴，秋山明净而如妆，冬山惨淡而如睡。四时之序，信可期也！

面向春天，我们祈福。

我思，成就另一种个体

To be another